女ごころ

サマセット・モーム
尾崎寔 訳

筑摩書房

目次

女ごころ

Up at the villa

第一章

山荘は丘の頂きにあった。

表のテラスからは、フィレンツェの豪華な街並みを一望に収めることができる。背後には古い庭があり、花はほとんどなかったが、立派な木々が生い茂り、刈り込まれた植込み、芝生の小径、岩肌に掘られた小さな洞窟、そこには涼しげな銀色の音を立てながら、小さい滝が角の先から流れ落ち、水たまりができていた。

これは十六世紀、フィレンツェの貴族が建てたものだが、落ちぶれた子孫が英国人に売り、その英国人が、期間を限ってメアリー・パントンに貸したのだ。

どの部屋も大きく、天井は高くて立派だ。大きすぎるということもなく、メアリーは、これも持ち主から引き継いだ三人の使用人の手を借りながら、多くはないものの、立派な古い家具をうまく生かしている。そこには一種の風格が感じられた。セントラル・ヒーティングはなく、メアリーが三月にやってきたときにはひどく寒かったが、持ち主のレナード家が浴室を造っておいてくれたおかげで、住み心地はよかった。

今、季節は六月、家にいるとき、メアリーはもっぱら街のドームや塔の見える表のテラスか、裏庭で過ごした。

着いて最初の二、三週間、メアリーは観光に明け暮れた。午前中はもっぱらウフィツィ美術館やバルジェッロ美術館での時間を楽しんだ。また教会を訪ねたり、古い通りをあてもなくぶらぶらしたものだが、今では、友人とのランチやディナー以外では、めったにフィレンツェの街に降りていくことがなくなった。

山荘の庭の散策、読書で十分満足していたし、その気になればフィアットを飛ばして周囲の田園を探訪することもできた。トスカーナ地方の、洗練されていながら、汚れを知らない情景ほど、素晴らしいものはなかった。果樹が花開き、ポプラが芽ぶいて葉に移るころ、みずみずしい緑の輝きは、オリーヴのくすんだ常緑の中であたりを圧倒していた。

そんな季節、メアリーは、もう二度と味わうことはないだろうと思うほど、心が軽やかになるのを感じていた。一年前、夫が無残な死をとげ、弁護士が彼のでたらめな散財のあと、残った財産を調べ上げていて、いつ届くか分からない事務所からの連絡に備えていなければならなかったのだ。

この古い館をどうぞ、というレナード家の申し出を彼女が喜んで受けたのは、疲れた神経を癒し、今後のことを考えなければ、と思っていた矢先だったからだ。八年間の贅沢三昧、だが不幸だった結婚生活のあと、気がついてみるとメアリーも三十歳。残されたのは、いくつかの真珠と、節約すればなんとか暮らしていける程度の収入だけだった。

とはいえ、最初弁護士が暗い顔をして、夫が残した借金を払ったら、あとは何にも残らないのではないかと言っていたことを考えれば、ずっとましだった。しかし今、フィレンツェで二月半過ごしてみると、その見通しは厳しいものに思えてくる。彼女が英国を出るとき、古い友だちの老弁護士が、メアリーの手を軽く叩いて言った。

「もう、何も心配することはないよ、メアリー。健康と体力を取り戻しさえすればね。容貌については申し分ない、何にも問題ない。君は若いし、とても可愛い。きっと、また結婚するだろう。でも、言っとくけど、今度は惚れて結婚するのはおやめ。相手の地位と、友だちになれる男かどうかを考えるんだね」

メアリーは笑った。ひどい経験をしたし、二度と結婚などという危険を冒すつもりはなかった。おかしなことに、彼女は、まさしくこの目端の利いた老弁護士が、するなと言ったことを、どうしたものかと考えていたのだ。事実、この日の午後、決断をせまられるかもしれなかった。

ちょうどその時間、エドガー・スウィフトは山荘に向かっていた。十五分ほど前、メアリーに電話してきて、シーフェア卿と会うため、突然カンヌへ行くことになった、すぐ発たなければならないが、その前にぜひとも彼女に会いたいという。シーフェア卿といえば、インド担当相、その人から緊急に呼び出されたら、エドガーがかねてから望んでいた高い地位を与えるという話しかありえなかった。サー・エドガー・スウィフト〈インド星章上級勲爵士〉は、メアリーの父親同様、長くインド行政に携わってきたし、中でも、この五年、インド北西部総督のポストにあり、その間不安定だった政情を、目覚ましい能力を発揮して切り抜けた。任期が終わるころ、彼の評価は「インドにおけるもっとも有能な人材」だった。偉大なる行政官であることを実証したのだ。断固としていながら、やり方がうまく、有無を言わせない半面、寛大で穏やかでもあった。ヒンズー教徒、マホメット教徒の双方が彼を信頼し、受け入れた。

メアリーは物心ついて以来、彼を知っている。父親が若くして死に、母親とともに英国に帰ったが、エドガーは休暇で帰国するたびに顔を見せ、長時間一緒に過ごしてくれた。

子供のころ見せてくれたのはパントマイム（英国では「無言劇」ではなく、クリスマスに演じられる子供のための歌や踊り、道化の芝居などからなるショー）やサーカスだったが、十代になると映画や劇場にも連れていってくれた。誕生日やクリスマスには贈り物が届いた。

十九歳になったとき、母親が言った。「私があなたなら、エドガーとはあまり会わないようにするわ。気がついているかどうか知らないけど、彼、あなたに恋してるわよ」

メアリーは笑った。「あの人、おじいちゃんじゃないの」

「四十三歳です」母親の口調は辛辣だった。

しかしエドガーは、二年後、メアリーがマシュー・パントンと結婚したときには、インド産の美しいエメラルドをお祝いにくれたし、結婚生活が不幸なものだと知ると、それは親切にしてくれた。

総督の任期が終わると彼はロンドンに帰ったが、メアリーがフィレンツェにいると聞くと、訪ねてきて、ほんのちょっとと言いながら、何週間も滞在した。メアリーがバカでなければ、彼が、いつプロポーズしようかと、タイミングを見計らっていることは分かっていたはずだ。一体いつごろから恋していたのだろう？　思い返せば、それは彼女が十五歳のとき、休暇で帰ってきた彼の目に、もはや子供ではない、若い娘になったメアリーが映ったのだ。そんなにも長い間、ひたむきな思いをと、彼女は胸を打たれた。

もちろん、十九歳の娘と、四十三歳の男、三十歳の女と五十四歳の男という組み合わせは同じではない。不釣り合いの度合いは、ずっとせばまったように思われた。それにエドガーはもはや、無名のインド派遣行政官ではなく、重要人物であったのだ。そんな彼の手腕を、時の政府が活用しようと思わないはずがない。当局が、そう見ていないと考えるのは馬鹿げていた。彼は生まれつき、次第に重要性を増していくようなポストにつく運命にあったのだ。

メアリーの母親も、すでに亡くなっており、ほかに誰一人、身内はいなかった。それに、エドガーほど、メアリーが好意を持つ存在もなかったのだ。

「決心がつけられたらいいんだけど」誰にともなく、メアリーが言った。もう間もなく彼がやってくるだろう。そのときには山荘の客間で迎えたものか、メアリーは迷った。あそこには、ギルランダイオ二世（伊画家。一四八三―一五六一。画家のドメニコ・ギルランダイオの息子リドルフォ）が描き、観光案内にも取り上げられている壁画がある。どっしりしたルネッサンス期の家具もあれば、豪華な飾りのカンデラブラ（枝付き燭台）もある。しかしそれだけに堅苦しく、立派すぎて、メアリーにすればその場がぎこちなく厳かなものになるのでは、とおそれた。

それより、戸外のテラスで彼を迎えたい。そこは、もっとくつろげるし、夕暮れどき、眼下に広がる風景は見飽きることのない、メアリーお気に入りの場所だ。エドガーが、本当にプロポーズするつもりなら、そう、戸外で、お茶を飲みながら、私はスコーンでもいただきながらのほうが、お互い気が楽なはず。お膳立てとしては申し分なく、ロマンティックすぎるということもない。

木鉢に植えたオレンジ、のびのびと乱れ咲く花がこぼれんばかりのサルコファギ（石棺）が置かれたテラス。不法な侵入を防ぐ手すりには、大きな石の花鉢がきちんと間隔を置いて並んでいる。手すりの両端には、どういうわけか帽子をかぶったバロック調の聖人像があった。

メアリーは、長い籐椅子に寝そべり、メイドのニーナにお茶を頼んだ。もう一つ椅子が置かれていて、エドガーを待っている。

空には雲一つなく、はるか遠くに広がる街は、六月の午後の柔らかで澄んだ光にすっぽり包まれていた。

車の上がってくる音が聞こえた。続いて、レナード家から引き継いだ召使の一人で、ニーナの夫でもあるチーロが現れ、エドガーをテラスに案内した。背が高く、細身で、仕立てのいい紺サージの背広に身を包み、黒の中折れ帽をかぶった姿は、スポーツマン風であり、重要人物にも見えた。もし知り合いでなかったら、メアリーでさえ、名のあるテニス選手くらいに思ったかもしれない。

帽子を取ると、ふさふさとしてカールのかかった黒髪が現れたが、ほとんど白髪も交じってはいない。インドの陽光のせいで、顔は赤褐色に焼け、細面にがっちりした顎、鉤鼻が目立っている。太い眉毛の下の深く窪んだ茶色の眼は、油断なく輝いていた。五十四歳？　四十五歳を一日だって超えているとは思えない、人生の盛りにある美男子だった。威厳はあっても、傲慢ではなく、対する相手にいつの間にか自信を持たせる。どんな苦境にも、事故にも動じないし、つまらぬおしゃべりで時間を無駄にするということもなかった。

「今朝、シーフェア卿から電話があり、ベンガル知事を、というお話だった。当局としては、現在の状況を考えれば、何も分からぬ人間を英国から呼んで、ものの役に立つまで、勉強してもらう余裕はない、それより状況をすでにしっかり摑んでいる人物に、と決めてしまっているんだ」

「もちろんお受けになったんでしょう」

「そうだよ、もちろん。これは、何よりも僕のやりたかった仕事だからね」

「よかったわ」

「ただ、話し合っておかなければならない問題がいろいろあってね、今夜ミラノへ行く手筈を整えてある。そこからカンヌへ飛ぶんだ。うんざりだけど、二、三日出かけることになる。卿がぜひともすぐに会いたいと言っておられてね」

「それは、当然ですわ」

エドガーの薄くて、きりっとした唇に、満足げな笑みが浮かび、瞳が優しく輝いた。

「ねえ、メアリー、僕に与えられるのは、とっても重要なポストでね。これをうまくこなしたら、そうだなあ、勲章ものというところなんだよ」

「立派にやり遂げられますとも」

「仕事も大変なら、責任も重くなる。でもそれは僕の望むところさ。報われるものも大きい。僕にとっては魅力があるので、あなたにも言っておきたいんだけど、ベンガル知事の生活は豪勢でね、住まいだって宮殿といっていいくらいなんだ。お客も大勢呼ぶことになる」

メアリーにはこの話の行きつく先が見えてきた。しかし、素知らぬ顔でただ唇に明るい、共感をこめた微笑みを浮かべ、彼を見つめた。

「もちろん、男たるもの、こんな仕事をするには妻がいなければ。独身ではとても無理だ」

メアリーの眼は、実に率直な表情を見せた。

「あなたの栄誉のお裾分けを、と手ぐすね引いて狙っている女性なら、いくらでもお出でになりますわ」

「もう三十年近くインドで暮らしているけど、今あなたが言ったことは、どうやらそうらしいといつも感じていたよ。残念ながら、そんな望みに夢にも応えたいと思う女性が、たった一人しかいないんだなあ」

ほうら、きた。イエスと言おうか、それともノー？　どうしよう、どうしよう、決心するのがこんなに難しいとは。エドガーは、ちらといたずらっぽい目を向けた。

「こんなことを言ったら、あなたはびっくりするだろうか？　僕はあなたがまだお下げ髪の少女だったころから、ずっと首ったけだったんだよ」

こんなときには、一体どう返事すればいいのか？　メアリーは明るく笑って言った。

「まあ、エドガー、何をおかしなこと、言ってるの」

「僕は生まれてこの方、あなたほど美しい人に会ったことがない。一緒にいて、こんなに楽しい人にも。僕に勝ち目がないことは分かっていたさ。二十五歳年上なんだし、お父さんと同世代だもの。子供のころのあなたは、きっと僕のことを、おかしな頑固じじいぐらいにしか見ていないと思っていたよ」

「まさか！」メアリーは叫んだが、あまり真実味はこもっていなかった。

「とにかく、恋するといったら、相手は同世代なのが自然だ。信じてほしいんだが、あなたが手紙をよこして、結婚すると書いてきたときには、僕はただただ大いに幸せになってくれることを願った。そうならなかったと知って、どんなに辛かったか」

「きっとマティと私、二人とも結婚するには若すぎたんでしょう」

「あれからも、随分年月が流れたね。歳の差が、あなたにはあのときも今も必要なんじゃないだろうか？」

難しい質問で、これには何も言わず、エドガーに続けさせるほうがずっといい、とメアリーは思った。

「僕はいつも気をつけて、体調を整えてきたのでね、メアリー、年を感じないんだよ。しかしまずいのは、あなたの場合、年を重ねれば重ねるほど一層魅力が増すということなんだ」

メアリーは微笑んだ。

「まさか、あなた、それでイライラしてるなんてこと、ないでしょうね、エドガー。そんなあなたを見るとは思ってもいなかったわ。鉄の男ですよ、あなたは」

「よく、そんなひどいことを、言うね。でもその通りだ。僕はイライラしている。それに、〈鉄の男〉だけど、あなたの手にかかると、僕がまるで骨抜きになってしまうことは、あなたが一番よく知ってるだろう」

「私にプロポーズしてくださっていると考えてもいいのかしら？」

「まさにその通り。ショック？　それともびっくりした？」

「まさか、ショックではないわ。ねえ、エドガー、私はあなたが大好き。あなたほど素敵な人、ほかに知りません。私と結婚したいと思っていてくださるなんて、大変光栄です」

「じゃあ、いいんだね？」

メアリーの胸の中に、奇妙な懸念があった。大変なハンサムであることはたしか。ベンガル知事の妻というのも、ワクワクする。高い地位にも、とても魅力がある。副官が何人もいて、言いつけた用事を果たそうと走り回る。

「二、三日留守にする、と仰ったわね？」

「長くて三日だ。シーフェア卿が、ロンドンにお帰りにならなければならないのでね」

「お戻りになるまで、お返事、待ってくださる？」

「もちろんだとも。こんな慌ただしい状況では、それが当然だと思うよ。あなたが自分の気持ちをじっくり確かめるのはいいことだし、それなら、答えがノーでも、もう一度考え直すことはないだろう」

「ほんとに、そうね」

「じゃあ、そういうことにしておこう。列車に乗り遅れたくないから、もう行かなくては」メアリーは、待たせてあるタクシーまで送った。

「ところで、今晩のパーティにあなたは出席できないということ、公爵夫人にご連絡なさいました？」

二人は、サン・フェルディナンド公爵の老夫人が開く夕食会に出ることになっていたのだ。

「しておいたよ。電話で、どうしても二、三日、フィレンツェを離れなければなりませんので、と伝えておいた」

「なぜかということも？」

「あのばあさんがどんな暴君か、あなたもよく知ってるでしょう」エドガーは甘やかすような調子で優しく言った。「この期に及んで断るなんて、と大変おかんむりだったから、結局ありのままを話すしかなかった」

「まあ、そうなの。でもきっとあなたの代わりの方を見つけられるでしょう」メアリーはさりげなく言った。

「僕は迎えに来ることができないんだ。もちろんチーロを連れていくんだろうね」

「それは無理だわ。二人とも出かけてかまわないと言ってしまいましたもの」

「それはまずい。この人気のない道を夜中にあなたが一人で運転するなんて、そんな危険なことはないよ。約束を守ってくれるね？」

「何の約束でしたっけ？　ああ、拳銃。あれはまったくナンセンスだと思うわ。トスカーナの道は英国同様安全なんだから。でもそれで安心すると仰るのなら、今晩は持っていきましょう」

メアリーが一人で田園地方のドライブをとても好んでいること、また外国人は危険なものだという英国人がおしなべて持っている感情から、エドガーは、彼女がフィレンツェの街にだけ出かけるという時を除いて、かならず持っているよう、無理やり約束させ、自分の銃を貸したのだ。

「街の外には、食べるものもなくて飢えた職人や、文無しの避難民が大勢いる。万一、彼らに襲われるようなことがあっても、あなたは自分で自分を守れると確信できなかったら、僕は一瞬たりとも安心していられないんだよ」

召使がタクシーの傍で待っていて、ドアを開けた。エドガーはポケットから五十リラ紙幣を取り出し、渡した。

「いいか、チーロ、僕は二、三日出かける。今晩、シニョーラ（伊語。奥様、婦人）をお迎えには行けない。車でお出かけのときには、必ずこれをお持ちになるように君も注意していてくれ。そうする、と約束なさったから」

「分かりました、シニョーレ（伊語。旦那様、ご主人）」

第二章

メアリーは化粧をしていた。後ろに立ち、興味深げにその様子を見ながら、ときどき仕上げ方について、求められてもいない口をはさんでいるのはニーナ、レナード家から引き継いだ召使の一人で、チーロの妻でもある。イタリア人だが、レナード家との暮らしから、不自由しない程度の英語を身につけているし、メアリーも山荘に住んで数か月の間に、イタリア語をかなり使いこなせるようになっている。それで、二人はとても仲良くなっていた。

「ねえ、もうほお紅、これで十分じゃない、ニーナ?」メアリーが尋ねた。

「もともとのお色がおきれいなのに、どうしてその上にほお紅をおつけになるのか、分かりませんわ」

「パーティに出席するご婦人たちはみんな、こってり塗ってくるでしょうよ。そんなところへ素顔で出ていったら、まるで死人みたいに見えると思うわ」

メアリーはそう言ってきれいなドレスに身を包み、さまざまな宝石で飾った。それから小さな、見るからにおかしな帽子をかぶったが、それが彼女にはよく似合った。というのも、その日のパーティには、その手のお洒落をして集まることになっていたからだ。会場はアルノ河の堤に建てられた新しいレストランで、料理もおいしいということだし、野外のテーブルでおだやかな六月の夕べを楽しめる、月が昇れば、対岸の古い家並みも夕景の中に浮かんでくる。

老公爵夫人は、滅多にない素晴らしい美声の歌手を見つけ、今夜の客に聴かせたいと考えたようだ。

メアリーはバッグをとった。

「さあ、できたわ」

「シニョーラ、お忘れですよ。拳銃」

それは化粧台の上にあった。メアリーは笑った。

「おバカさんねえ、折角忘れていこうと思っていたのに。そんなもの、なんの役に立つの？　一度も使ったことないし、死ぬほど怖いわ。許可証も持ってない。銃なんか持ってるところを見つかったら、いろいろと面倒なことになるわ」

「でもシニョーラは、持っていく、とシニョーレに約束なさった」

「シニョーレは、もうおじいさん、おかしいのよ」

「男の人は、恋をするとそうなるんです」ニーナは、もったいぶった言い方をした。

メアリーは目を逸らした。それは今の今、入っていきたくない話題だったからだった。イタリア人の召使は見事で、雇い主に忠節を尽くすし、よく働く。しかし、彼らが主人のことを何から何まで知っているはずはないとでも考えたら、それはとんだ思い違い。メアリーにはニーナが、この件でもすっかり何もかも話し合いたがっていることがよく分かっていた。メアリーはバッグを開いた。

「分かったわ、そのゾッとしないもの、ここに入れて」

チーロが車を回してきていた。車は二人乗りのコンバーティブルで、山荘を借りたときに買ったものだが、出るときにはしかるべき値段で売るつもりと仲介者に伝えてある。メアリーは乗り込み、用心深く狭い取り付け道路を走って、フィレンツェに通じる広い道路に出た。ライトをつけて時間をたしかめたが、十分余裕があるのを見て、スピードを落とした。彼女の胸の中には、かすかながら、到着しなければいいのに、という気持ちがあった。本当は、山荘のテラスで、一人夕食を取りたかったのだから。六月の夕暮れどき、まだ陽が残っているうちにそこで食事をし、そのあと、優しい夜気が次第に全身を包んでいく感じに、メアリーは飽きることがあるとは思えなかった。そこで与えられる平和の味わいは得がたいもので、いつも彼女の頭脳が敏感に反応し、五感が活発に働く、スリルに満ちた平和とはちがっていた。

多分、トスカーナの軽やかな空気に、体が受ける影響にさえ、精神的ななにかが含まれていたのだろう。ちょうど流麗で明るいモーツァルトの音楽に聴き入っているのと同じような効果を与えられるのだ。それでいてその底にはメランコリーが流れていて、いつの間にか大きな満足を与えられ、肉体は何の意味ももたなくなってしまう。恵みに満ちた数分の間に、あらゆる穢《けが》れや迷いは洗い清められ、人生の迷いなど、見事な愛しさのなかに溶けていくのだった。

「出席するなんて、バカだったわ」メアリーは大声を上げた。「エドガーが呼ばれたときに断ればよかったのに」

もちろんそれは愚かなこと、でも、もしその夕方の時間一人きりになって、静かに考え事ができるのなら、メアリーは何も惜しまなかっただろう。エドガーが何を求めているかは、とっくに分かっていたものの、その日の午後まで、メアリーはまさか彼がはっきり口に出すとは思っていなかったから、彼が本当にそうする前に自分のほうからどう答えるか、気持ちを固めておくのは、無駄なことだと思っていた。そこで彼女はその瞬間の反応に任せることにしたのだ。

さて、彼のほうが、気持ちを明らかにしてしまうと、どう答えたものか、メアリーは以前にもまして、決心がつかなくなっていた。

しかし、この時にはもう車は街に着き、大通りに入っていて、街を歩く人たちの群れ、自転車の列がいっぱいで、運転に集中せざるを得なくなっていた。

レストランに着くと、彼女が最後だった。サン・フェルディナンド公爵夫人はアメリカ人。濃い灰色できれいにウエーブのかかった髪の毛や、堂々たる姿勢などが目立っていた。イタリアに住んで四十年、一度も祖国に帰ったことがない。夫はローマの公爵で、亡くなってから二十五年にもなる。二人、息子がいるが、いずれもイタリア陸軍に入っている。

彼女にはほとんど金がなかったのだが、言葉は辛辣でも人柄は実に気さくだった。美しいということは一度もなかったはずだけれど、今ではきれいな瞳と、はっきりした顔立ちとで、おそらく若いころより見てくれはましになっているのだろう。噂では、不倫も激しかったようだが、自分の力で築いた名声を傷つけることもなかった。知りたいと思う人とは知り合いになり、みんな彼女とは親しくなりたがった。

このほかパーティには、旅行中の英国人トレイル大佐とグレイス夫人、イタリア人が二、三人、それにロウリー・フリントという名の若い英国人といったところだった。メアリーはフィレンツェに来てから、彼とかなり親しくなっていた。実際彼のほうも、かなり彼女には関心があるようだった。

「言っておきますがね、私はただの穴埋めですからね」メアリーと握手しながら、ロウリーは言った。

「この人にしたら、いつになくいいこと言ったのよ」公爵夫人が口を挟んだ。

「エドガー卿からお電話で、急にカンヌへ行かなければならなくなったと言われたから、あなたどう？　と尋ねたの。そしたら、こちらに伺うため、別の約束をキャンセルしますですって」

「よくご存じのはずです。公爵夫人、あなたと食事をご一緒できるとあれば、どんな約束でも破って参上いたしますよ」

公爵夫人はそっけなく笑った。

「お話ししておいたほうがいいようね。この人は招待に応じる前に、そのパーティには、誰が来るのか知っていたいのよ」

「私たちがお眼鏡にかなったとは、光栄です」メアリーが言った。

公爵夫人はロウリーに向かって、彼女ならではの静かな微笑みを見せたが、そこには好き放題のことをして、それを忘れるわけでもなく、ましてや後悔することもなく、世間を自分の掌のように知り尽くしている女、そして同時に、誰であれ生まれついての性格は変わらないという結論に達した女のしたたかさが見て取れた。

「ロウリー、あなたって本当に手に負えない腕白ね。それを許してあげたくなるほどのハンサムでもないし。でもみんな好きだわ、あなたが」

たしかにロウリーは、あまり見栄えのする男ではなかった。体型はまずまずでも身長は平均以下、服を着るとずんぐりしていた。歯は白いが、きれいに揃っているわけでもない。要するに何一つ、これという特徴を持ち合わせていない。血色はいいけれど、肌はすっきりしない。髪型はよくても、色は茶色の濃淡の中間というところ、瞳はかなり大きいが、普通灰色と呼ばれる薄青だった。それに、どことなく放蕩者という感じがあって、彼を嫌っている人たちは、ずるい奴だと言った。あいつは信用できないということは、一番の親友もふくめて、みんな一様に認めていた。

そのうえ、彼には芳しくない前歴があった。やっと二十歳になったばかりのころ、すでに婚約者のいた娘と駆け落ちし、結婚したのだ。しかもその三年後には、離婚訴訟の共同被告になる始末、つまり浮気の相手と並んで妻から訴えられ、離婚させられてしまったのだ。その後また結婚したものの、相手は別れた妻ではなく、別の女性で、今度もまた二、三年後に別れている。今、三十歳を超えたばかり、要するに、どんな評判を立てられても仕方のない若者で、いいところなど一つもないということ。

そこへいくと、旅行中の英国人トレイル大佐は、背は高い、細身で、日焼けした肌、締まった赤ら顔、歯ブラシを貼り付けたような灰色の口髭、しかし同時に、少し足りないんじゃないかという感じを与えるかもしれない。公爵夫人は、何を考えて自分たち夫婦を、こんなひどいならず者に会わせようと思ったのだろう、と大佐は首を傾げた。もしこの時、誰でもいい、話しかける相手がいたら、大佐はこう言ったに違いない。

「要するに、私が言いたいのは、こいつは、きちんとした女性に、「同じ部屋でご一緒なさってください」と言えるような男ではないということだ」

大佐がテーブルに着くと、妻はロウリー・フリントの隣に座っているものの、彼が語りかける当たり障りのない話にも、そっぽ向かんばかりの態度で応じているのを見て安心した。どうにもまずかったのは、この男が山師とか、そんな怪しげな人間ではなく、実際大佐の妻の従弟だったことで、家柄に関する限り、なにも問題はなく、かなりの収入もあった。

間違いは、彼が暮らしを立てるために働く必要がなかったこと。いや、まあ、どこの家庭にも一人は厄介なのがいるものだ。大佐に理解できないのは、女性たちが、いったいこの男のどこにどんな価値を見出したのか。この単純で善良な英国人の大佐に、分かるはずもなかったが、ロウリー・フリントのすべてを解く鍵は、彼の性的魅力にあったのだ。

彼の不実、破廉恥なところが一層逆らい難い魅力となっていることなど、どうして大佐に理解できるだろうか。女性が彼についてどんなに偏見を持たされていても、ロウリーにしたら、ものの三十分も一緒にいれば、すぐにも胸を溶かすことができたのだ。女性のほうも自分に言い聞かせる。この人について注ぎ込まれた悪口の半分も、本当の事とは信じられないと。

だが、そこで、彼のどこがいいのか、と尋ねられたら、答えようがないことに気付くのだ。どう見てもハンサムではない。外見上、これはというようなところは何もない。そこらの自動車工場で働いている職人と変わりはなかった。高価な洋服でも、彼の着こなしは作業服同然、だがそのことをまるで気にしてはいなかった。何につけても、恋愛においてさえも真面目ではないというのは腹立たしいことだった。女性に求めるものはただ一つだけと、平気で口にする。感性の欠けらも持ち合わせていないのが耐え難く、許せないことだった。

ところが彼には、女性の足元を掬《すく》ってしまうような、何かがあった。荒っぽい振舞いの背後に、ある種の穏やかさがあり、おどけた仕草の裏にも、ぞくっとさせるような温かさがあるのだ。

男とはちがう生き物として、女性を本能的に理解している。

それがどういうわけか、女性の心をくすぐるらしい。

好色そうな口元、撫でるような灰色の目。公爵夫人は、それを彼女らしい、いつもの荒っぽい言い方で表現した。

「もちろん、あの人は悪い奴ですよ。まったくの悪者、だけど私が三十歳若くて、あの人に駆け落ちしようと言われたら、全然ためらいませんね。たとえ一週間で捨てられると分かっていようと、そのあと死ぬまでみじめな思いをし続けるとしてもね」

しかし公爵夫人は、ありきたりの会話のほうがよかったらしく、客がテーブルに落ち着くと、メアリーに話しかけた。

「今夜はエドガー卿がお見えになれなくて、残念でしたね」

「あの人も残念でしょうね。カンヌへ出かけなくてはならなくて」

そのあと、公爵夫人はパーティの人気をさらってしまった。

「みなさん、とびきりの極秘情報なんだから、どなたにも話さないで下さいよ。エドガー卿はたった今、ベンガル知事に任命されました」

「おやおや、ほんとですか！」大佐が叫んだ。「あんなポストにつくなんて。突然の指名ですか？」

「候補の一人に上っていることは知っていたみたい」メアリーが言った。

「あの人なら、まさに適材適所、間違いない」大佐も言った。「この仕事を無事こなせば、次はインド副王、そうでなかったらおかしい」

「副王夫人ほどなりたいものなんて、私は思いつかないわ」公爵夫人が言った。

「万が一ということもありましょう、結婚なさったら？」メアリーが微笑んで言った。

「おや、あの方、結婚してらっしゃらないの？」グレイス夫人が尋ねた。

「していませんね」公爵夫人はメアリーに鋭い、悪意のこもった目を向けた。「隠さずに言っておきますけど、あの人は、ここへ来てから六週間というもの、猛烈に私を口説いているのよ」

ロウリーはクスっと笑い、長い睫の下から、メアリーに流し目を送った。

「彼との結婚を決意なさいましたか、公爵夫人？　そうだとしたら、やっこさん、もう逃れられませんね、可哀そうに」

「とっても、お似合いだと思いますわ」メアリーが言う。彼女は二人が自分をからかっていることをよく知っていたが、ここでそれを暴露するつもりは毛頭なかった。

エドガー・スウィフトは、フィレンツェにいる自分やメアリーの友人たちに、メアリーを愛していることを、やたら触れてまわっていた。

公爵夫人も、二人の間がどうなっているのか、何度も聞き出そうとしていた。

「カルカッタの気候がお気に召しますか、どうでしょう?」なんでも真面目に受け取ってしまうグレイス夫人が言った。

「そうね、私も歳ですから、お付き合いもその場限りのほうがいいわ」

公爵夫人が答えた。「私には、無駄にできる時間もありませんしね。だからロウリーに対しては、どこか弱いところがあるのよ。彼の意図はいつだって、いかがわしいものなんだけど」

大佐は顔をしかめて皿の魚に目を落とした。食材としては、その日の夕方、ヴィアレッジオから届いたばかりの車エビだったのだから、顔をしかめることはないだろう、夫人のほうがとりなすような笑顔を見せた。

このレストランには、小さなバンドが入っていた。楽師たちは、古ぼけたナポリ風ミュージカルの衣装を着て、ナポリ民謡を演奏していた。

やがて公爵夫人が声を上げた。

「そろそろ、歌い手に登場していただこうかしら。びっくりしますよ、みなさん。素晴らしい声の持ち主で、とにかく粋で情熱的です。ハロルド・アトキンソンが、本気でオペラ歌手に育てようと思ってるくらいだからね」彼女は給仕長を呼んだ。

「この間、私が来たときの歌、あれ歌ってもらって」

「申し訳ございません、奥様。彼は今晩、参っておりません。具合が悪うございまして」

「なんてこと！　今日はお友だちにあの人の歌、ぜひとも聴かせてあげたかったのに。そのためにわざわざ、ここで食事を、とお誘いしたのよ」

「代わりをよこしておりますが、これはヴァイオリンしか弾きません。弾かせましょう」

「私に嫌いなものがあるとすれば、それはヴァイオリンなの」彼女の言葉は厳しかった。

「どうして死んだ猫の腸を馬の尻尾で引っ掻くのに聴き入ったりしなければならないのか、私には到底理解できませんね」

給仕長は、半ダースもの言葉を流暢に話したが、どれ一つ理解はできなかった。彼は公爵夫人が彼の提案を気に入っていると解し、ヴァイオリニストのところへ行った。椅子から立ち上がり、進み出た奏者は色黒、細身の若者で、大きな飢えた瞳と憂鬱な感じを見せている。剃り上げた顔は細く、やつれていた。彼が弾き終わると、公爵夫人が給仕長に言った。

「ぞっとするわ、ジョバンニ」今度は給仕長にも夫人の言葉が通じた。

「あまりうまくないですね、奥様、申し訳ございません。存じませんでした。明日にはもう一人、戻ってまいります」

バンドは次の曲を演奏しはじめ、待っていたように、ロウリーがメアリーのほうを向いた。

「あなたは、今晩とっても美しい」

「ありがとう」

ロウリーの目が輝いた。

「あなたのどこが特に好きなのか、申しましょうか？　あなたは美しいと言われても、ほかの女性たちのように、あら、そんなこと、考えたこともありませんわ、という振りなどなさらない。まるで、両方の手にそれぞれ五本、指を持っておいでだとでも言われたみたいに、当たり前でしょう？　という感じで受け止められるのです」

「結婚するまで、私の暮らしを支えていたのは、容貌しかありませんでした。父が亡くなったあと、私たち母娘にとって、母の年金だけが頼りでしたもの。演劇学校を出たあと、すぐ役にありつけたのは、幸運にも、この容貌に恵まれていたからですわ」

「映画に出てもひと財産手に入れられたと思いますが」

メアリーは笑った。

「残念なことに、私には何の才能もありませんでした。何にもありません、容貌だけです。しばらく続けていれば、そのうち演技力が身についたかもしれません。でも結婚して舞台を離れました」

彼女の表情にかすかな影がさし、一瞬わびしい過去の思いに戻ったようだった。ロウリーは彼女の完璧な横顔に見入った。実際美しい人だった。素晴らしい顔立ちというだけではない。彼女をそんなにまで目立たせていたのは、見事なまでに美しい肌や髪の毛の色合いだった。

「あなたは褐色と金色の女性ですよね？」ロウリーが言う。

彼女の髪は濃く豊かな金色、大きな瞳は深い褐色、肌は淡い金色だった。そんな色合いこそが整った顔立ちが与えかねない冷たさを一掃し、温かさや豊かさをもたらして、どこまでも魅惑的にしていた。

「僕は、あなたほど美しい女性に会ったことがありません」

「何人の女性に同じことを仰った？」

「大勢。だからといって、今申し上げたことの真実味が薄れたりはしませんよ」

メアリーは笑った。

「そうでしょうね。でもこのお話は、そのあたりでということにしておきません？」

「どうして？　僕にはこれほど興味深い話題はありませんが」

「みなさんは、私が十六歳になったころから、美しいと言ってくださっていて、もうあまり嬉しくなくなりました。私にとっては財産ですから、その価値を知らないというのはばかげたことです。不利な点もありますよ」

「あなたはよく物の分かった方です」

「今度はお世辞ですか、嬉しいですけど」

「お世辞なんか言ってるつもりはありませんが」

「そうなの？　私にはこれまで何度も聞かされたお話の始まりのような気がしましたけれど。醜い女には帽子を、美人には本をってね。その手ではありませんの？」

ロウリーはいささかもひるまなかった。

「今夜はあなた、すこし辛辣ではありませんか？」

「そんな風にお考えになるなんて残念ですわ。私としては、何も始まってはいないということを、一度はっきりさせておきたかっただけのことなんです」

「僕が、どうしようもなくあなたに恋してしまったことがお分かりにならない？」

「どうしようもなく、というのは、おそらく適切な表現ではありませんよね。

この何週間か、私と軽く遊べたら、というお気持ちをはっきりと見せておられましたね。未亡人で、きれいで、決まった相手もいない、場所はフィレンツェ、まさにあなた向きのお膳立てでしょ」

「悪いのは僕？　春に若い男の心が容易に恋の思いに傾くというのは至極自然なことです」

彼の態度が実に無邪気で、率直な、惹きつけるものだったので、メアリーとしては、ただ笑うしかなかった。

「咎めてなんかいません。私としては、あなたがまるで、獲物のいない樹に向かって吠え立てている犬みたいで、時間を無駄にしておられるのが嫌なのです」

「何とも思いやりの深いことですね。実をいうと、僕には無駄にできる時間がいやというほどありましてね」

「十六歳になってからというもの、男の方たちが私に言い寄ってこられました。ご老人から若い方まで、誰かれなく、不細工な方もあればハンサムな方も、みんな女は自分たちの情欲を満足させるためにだけいるのだと言わんばかりでした」

「一度も恋をなさったことはない？」

「ありますわ、一度だけ」

「どなたと？」

「夫ですわ。だからあの人と結婚したんです」

一瞬、沈黙があった。公爵夫人がやってきて、ありきたりの話を始めたため、もう一度どうでもいい会話に戻った。

第三章

この日の食事は遅くなり、十一時を過ぎるとすぐに公爵夫人は勘定書きを持ってこさせた。

みんな店を出ようとしたところで、さっき演奏したヴァイオリン弾きが皿を持って現れた。そこにはほかのテーブルの客が渡した少額の紙幣が載っている。こんな風にして客からもらうものだけが彼らの収入だったのだ。メアリーがバッグを開いた。

「およしなさい」とロウリー。「僕が小銭を出します」

彼はポケットから十リラ紙幣を取り出して皿に載せた。

「私もあげたいわ」メアリーが言った。彼女は前の客が出した札の上に百リラ紙幣を載せた。ヴァイオリン弾きは驚き、いぶかしげな表情を浮かべたが、軽く会釈をして下がった。

「どうして、あんなに渡すんですか?」ロウリーは喚いた。

「ばかげてる」

「ひどい演奏だったし、惨めな様子でしたもの」

「でも連中はあんなにチップもらえるなんて思ってない」

「分かってます。だからあげたのよ。あの人にとっては大変なものでしょう。人生が変わるかもしれない」

イタリア人のメンバーはそれぞれの車で帰っていき、公爵夫人がトレイル家の人たちを自分の車に乗せた。

「メアリー、あなたロウリーをあの人のホテルで降ろしてあげてくれない? 私はまったくちがう方角だから」

「かまいませんか?」ロウリーが言った。

これは前もって仕組まれていたのではないかと、メアリーは感じた。というのも、この色好みの老女は、人の色事を煽りたてるのも好きで、ロウリーはまた、彼女のお気に入りときている。しかしこれほど筋の通った依頼を断りようもなく、メアリーは、もちろん、喜んで、と答えるしかなかった。

二人は車に乗り込み、河に沿って走った。輝くような満月が行く手を照らし、二人は無口だった。ロウリーは、彼女が彼の入っていけない想いに浸りきっているように思えて、邪魔しないことにした。しかしホテルに着いたので、彼は言った。

「素晴らしい夜だなあ、このまま寝てしまうのはもったいない。少しドライブしませんか？　まだ眠くはないでしょう？」

「ええ」

「田舎へ行きましょう」

「ちょっと遅すぎない？」

「怖いのは田舎？　それとも僕？」

「怖くなんかないわ、どちらも」

彼女は走り続けた。河沿いに走り、間もなく車は畑に出た。道路わきにぽつぽつと農家があるだけ、少し離れたところに白い農家があり、傍には高いイトスギの木が、月光を背に、黒く、厳かにそびえていた。

「エドガー・スウィフトと結婚するの？」突然ロウリーが尋ねた。

メアリーは彼のほうを向いて言った。

「私が考えているって、知ってたの？」

「まさか。知りませんよ」しばらく考えてから、メアリーが言った。

「今日、彼、出かける前、自分と結婚してほしいと言ったわ。返事はお帰りになってからいたしますと言っておいた」

「じゃあ、彼を愛してはいないんだね？」メアリーはスピードを落とした。彼女にしたら、その話がしたそうだった。

「どうしてそう思うの？」

「もし愛しているのなら、三日も考えることはないはずだもの。その場でOKしたでしょう」

「そうね、たしかにあの人を愛してはいないわ」

「向こうは、間違いなくあなたに恋してるね」

「父のお友だちなのよ。物心ついて以来の知り合いなんだから。私が一番優しさを求めているときに、とっても親切にしてくださって、感謝してるわ」

「あなたより、二十歳は年上だろう？」

「二十四」

「彼が保証する地位に目が眩んだのかな?」

「はっきり言えば、そういうことでしょうね。女って、大方そうなんじゃないかしら? どのみち、私はお高く止まるほうじゃないから」

「愛していない相手と暮らすほうが、ずっと楽しいと思っているのかな?」

「私、恋はいいの、もう飽き飽きしたわ、胸につかえるほど」メアリーの口調があまりにも激しかったので、ロウリーは驚いた。

「あなたの歳ではあまり言わないことだね」

このころには、車はかなり田舎に入り込んで、道が狭くなっていた。

雲一つない空から、満月が光を注いでいた。メアリーは車を停めた。

「ほら、私は夫にぞっこん惚れ込んでいたでしょう。みんなに言われたわ、あんな男と結婚するなんて、おかしいって。ばくち打ちで飲んだくれだよって。私にはそんなこと、どうでもよかった。あの人はとっても私と結婚したかったんだもの。その頃はたっぷりお金を持っていた。でも私は彼が文無しでも結婚したと思う。

その頃、あの人、どんなにチャーミングだったか、知らないでしょう。

見るだけで惚れ惚れするし、明るく快活だった。いつも一緒に楽しんだわ! とっても元気だった。親切で、穏やかで甘くて――素面のときにはね。酔うとうるさく、やたら自慢話はするわ、下品で喧嘩っぱやくなる。とっても手を焼いたわ。どんなに恥ずかしかったか。

でもあの人には腹が立たなかった。酔いがさめると、とても後悔して。お酒が飲みたかったわけじゃないのよ。私と二人だけのときには、誰にも劣らず正気だったわ。周りに人がいると、もう、舞い上がってしまう。二杯、三杯と重ねると、そこからは止まらない。私は彼が飲み疲れ、遊び疲れて私のなすがままになるのを待って、ベッドに連れていき寝かしたものよ。

彼を治すために、あらゆることをやってみたけど、全部無駄、何にもならなかった。私、アル中は治らないと思ってる。看護婦と保護者の両方をやらされたわ。彼の行動を止めようとすると、それには我慢できなくて怒り出す、でもほかにどうすればいいの？　難しかったわ、ほんとに。

私を監視人みたいに思ってほしくはなかったけど、お酒を飲ませないためにできることは何でもするしかなかった。ときには私も彼と同じようにかっときて、ひどい喧嘩をしたものよ。ほら、あの人はとんでもないばくち打ちでしょう、そこにお酒が入ると、何百ポンドも注ぎ込んで、負けてしまうのよ。もしあの人があんな風に、死ななかったら、きっと破産して、私は後始末のために、もう一度舞台に戻るしかなかったでしょうね。

実際には、私に二、三百ポンドは年収があったし、結婚したとき彼にもらった宝石もいくらか持ってました。また、ときには一晩中帰ってこないこともあって、これはきっと、訳が分からなくなって、手当り次第に出会った女を拾ったのだろうと思ったわ。最初のころは、私もやたらやきもちを焼いて、惨めだったけど、そのうち、このほうがましだと思うようになったの。

だってそうでなかったら、家に帰ってきて、私に飛びついてくる。背中を丸め、顔をゆがめてのしかかってくるのよ。愛なんかじゃない、ただ、お酒、アルコールのせいだと分かってたわ。私でもほかの女でも構いはしない、そうしてキスされると、ぞっとしたけど、あの人はそれで燃え上がった。欲望を満たし終えると、酔っぱらったまま、鼾をかいて寝てしまう。驚いたでしょう、私が反吐が出るほど、愛を詰め込まれていたと聞いて。何年もの間、屈辱しかなかったわ」

「でも、なぜ別れなかったの？」

「どうして別れられます？　まったく私に頼り切ってるのよ。もし何かおかしなことが起きて、トラブルに巻き込まれたら、もし病気になったら、あの人が助けを求めて飛んでくるのは私のところなのよ。まるで子供のようにしがみついてくるんだから」

メアリーの声が震えた。

「あまりの弱りように、私も胸がつぶれたわ。たしかにあの人は私を裏切った。気兼ねしなくていいように、私から隠れて飲んだ。私があまりひどく懲らしめるから、私を憎むこともあった。でも胸の奥では、いつも私を愛してくれていたわ。私が決して見捨てたりはしないと知っていたし、私なしでは自分がバラバラになってしまうこともよく分かっていた。

酔うと獣みたいになってしまうから、友だちがいなかったし、いるのは食い物にしようという屑みたいな連中だけ。血を絞り、金を巻き上げようという奴らばかりだったわ。世の中であの人が生きているか、死んでいるか、気にかけているのは私しかいないということを知っていたのよ。

私もまた、あの人と完全な破滅との間に立っていてやれるのは、私だけだと分かっていたわ。だから、あの人が私に抱かれて息絶えたときには、私もボロボロになっていた」

メアリーの頬を涙が伝ったが、彼女はそれを抑えようとはしなかった。泣けばメアリーの気持ちも休まるのではないかと思い、ロウリーは黙っていた。

しばらくして彼は煙草に火をつけた。

「私にも一本、下さる？ 私はバカなのよ」

ロウリーは、ケースから抜き出して、メアリーに渡した。

「ハンカチがほしいんだけど、私のバッグの中にあるわ」バッグは二人の間にあり、ロウリーは開けてハンカチを取ろうとして拳銃に触ってしまい、驚いた。

「一体、何のためにこんなもの、持ってるんだ？」

「エドガーは私がこの辺りを一人で走り回るのが嫌なのよ。必ず持って行けって、約束させられたわ。バカげてるわよね」しかし、彼が持ち出した新しい話題のおかげで、メアリーは落ち着きを取り戻すことができた。

「ごめんなさいね、感情が昂ぶってしまって」

「いつ？ ご主人が亡くなられたのは？」

「一年前。でも今では死んでくれてよかった、感謝してるの。彼のせいで、私の人生はめちゃめちゃだったし、彼にしたところで、この先、何の希望もなく、苦しみしかなかったんだから」

「若死にだったよね？」

「自動車事故で、ぐしゃぐしゃ。酔っぱらってたのよ。時速六十マイル（約百キロ）で飛ばしていて、凍った道路でスリップ。二、三時間後に死んだわ。でも、よかった、彼の最期に間に合ったの。最後の言葉は、いつもお前を愛していたよ、メアリー、だった」

彼女はため息をついて、つぶやいた。「あの人が死んで、やっと私たち二人とも自由になったんだわ」

しばらくの間、二人は腰を下ろし、黙ってタバコをふかしていた。ロウリーは、新しい一本に最初の喫いさしの火を移した。

「君ねえ、まさか前のご主人同様、なんの意味もない男と一緒になって、自分をすり減らすつもりじゃないだろうね」ロウリーは、まるでそれまでの会話が中断することもなかったような調子で話を続けた。

「エドガーをどのくらいご存じ？」

「彼がここへ来てから、五、六週間、しょっちゅう見てる、君のお尻を追いかけ回しているところをね。なにしろ大英帝国創設メンバーだ。でも僕の見るところ大して魅力はない」

メアリーがクスっと笑った。

「そう、あるとは思えないわ。あの人は強いし、賢い。それに信頼できるわ」

「つまり僕にないものをすべて、というわけだ」

「さしあたってあなたのことは、脇においておきません？」

「分かった。彼の長所をつづけて」

「親切で、思いやりがある。野心家だわ。大きな仕事を成し遂げているし、これからもっと大きな業績を上げるでしょう。私にもその助けにはなれるかもしれない。私が世界にとってなにか役に立ちたいと考えているなどと言ったら、あなたは、なにをバカなとしか言わないでしょうけど」

「僕について、ろくな噂は聞いていないようだね？」

「そうね、聞いてません」メアリーは、フフっと笑った。

「どうしてだろうね？」

「知りたかったら教えてあげましょうか」彼女はさらっと答えた。

「あなたが浪費家で、ろくでなしだから。それに、一人でも多くの女といい思いをすることしか考えてない。ま、それにコロっといく足りない女にも事欠かないでしょうしね」

「それって、大変正確な表現だ。僕は幸運なことに、暮らしのために働く必要はなかった。僕がなにがしかの仕事についたために、生きていくのに必要な一日のパンを与えてもらえなくなるガキがいてもいいと思う？　知るかぎり、僕が自由にできる人生はこの一回だけ。とっても気に入っているよ。折角与えられた機会を活かさなかったら、それほどバカなことはないじゃないか。僕は女が好きだし、不思議なことに、向こうも僕を好きらしい。僕は若いし、若さなんていつまでもあるものじゃない。機会が与えられている間に、できるだけいい思いをしてなにが悪い？」

「あなたほどエドガーとの見事な対照を見つけるのは難しいでしょうね」

「同感。一緒に暮らすのには僕のほうが楽かもしれないよ。僕と一緒のほうが楽しいのはたしかだ」

「忘れてない？　エドガーは私との結婚を望んでいるのよ。あなたのは、もっと一時的な関係のお話のようだけど」

「どうしてそんな風に考えるんだい？」

「そうね、まず一つには、あなたはすでに結婚してる」

「それは君の間違い。もう二、三か月前に離婚された」

「黙ってたでしょう」

「当然だろ。女性はみんな結婚について、おかしなことを考えているようだ。そのことを問題にしなければ、物事がもっと単純になるのに。それぞれの立場も分かるというものだ」

「あなたの言いたいことは分かるわ」

メアリーは微笑んだ。

「でも、どうして自分に都合の悪いことをわざわざ聞かせるの？　それはつまり、私がおとなしくして、あなたを満足させてあげたら、ご褒美に婚約指輪をくださるということ？」

「ねえ、君、僕にだって、脳みそはあるんだよ。君がバカじゃないことぐらい分かってるさ」

「ねえ、君」なんて呼ばないで」

「チックショウ、今僕はプロポーズしてるというのに」

「あら、そうなの？　どうして？」

「だって、悪くない話だと思うから。君は？」

「バカバカしい。一体、どうしてそんなことを思いついたの？」

「ふっと考えたんだ。いいかい、君がご主人のことを話しているとき、突然僕はこの人がとっても好きだと気がついたのさ。恋しているというのとはちがう。いや、やっぱり愛してるね」

「あなたに、そんなこと言ってほしくないわ。あなたって、ひどい人。本能的に知ってるのよ、あなたは。どう言えば女の胸をとろけさせることができるかってことを」

「感じていなければ、そんなこと、言えやしないさ」

「ああ、黙って。私に冷静な頭と、ユーモアのセンスがあったことに感謝してほしいわ。フィレンツェに戻りましょう。ホテルで降ろすわ」

「それはつまり、答えはノーということ？」

「そうよ」

「どうして？」

「びっくりするでしょうね。私はあなたのこと、ちっとも愛してなんかいません」

「驚かないよ。知ってたもの。でも、君の気持ちが半分でもほぐれていたら、ちがっていたと思うよ」

「控えめな人ね、でも私はたとえ半分だって、そんな気はないわ」

「もうエドガー・スウィフトと結婚するって、決めてるのか？」

「今ではそう。話を聞いてくださってありがとう。誰一人話し相手がいないって、つらいものよ。あなたのおかげで、決心がついたわ」

「どうしてそうなったのか、こっちには丸っきり分からないけど」

「女は、男と同じ理屈を立てはしないものなのよ。あなたがおっしゃったこと、私が言ったこと、夫との生活の思い出、屈辱、それらすべてに対してエドガーは、逞しく、信頼できる巨岩みたいに立ちはだかってくれたのよ。彼なら信頼できると思ってるわ。彼は決して私の期待を裏切らない、そんなことのできる人じゃないから。今の今、私はあの人に深い愛情を感じている。ほとんど恋というものね」

「狭い道だけど」ロウリーが言った。「車、僕が回してあげようか？」

「自分の車の向きを変えることぐらい、大丈夫、できます。ありがとう」メアリーが答えた。

彼の言ったことが一瞬メアリーをイライラさせた。彼女の運転の腕のことを言ったからではない。自分の言葉が、どういうわけか、やたら大げさに聞こえたからだった。ロウリーが笑った。「道路の片側に溝があるんだ。反対側にも。どっちにはまっても、ぞっとしないからね」

「減らず口は叩かないで」メアリーが言った。

ロウリーはタバコに火をつけ、メアリーが車を進めるのを見ていた。力いっぱいハンドルを回してエンジンを止める。またかけて、ギアをバックに入れ、注意深く後進し、ひどく真剣になり、やっと帰り道について走り出した。ホテルに着くまで、二人とも無言だった。もう遅い時間で、ドアには鍵がかかっていた。

「さあ、着いたわ」メアリーが言った。

「分かってる」

ロウリーはほんのちょっとの間黙って車の前方を見つめた。メアリーがいぶかしげな眼を向けると、彼は笑いながらメアリーのほうを向いた。

「君はバカだよ、メアリーちゃん、あ、分かってる、君はすでにノーと言ったんだ。それはいい。でもあえて言わせてもらうと、僕は君が考えているより、ましな夫になれるかもしれない。だけど君は愚かにも二十五歳年上の男と結婚する。君はいくつ？大目に見ても三十というところだろう。それに冷たい女でもない。情熱的で官能的な女かどうかは、口を見て、目が温かいかどうか、それと身体の線を見れば分かる。そう、そう、君はひどい目にあったんだよね。でもその歳なら、そんなことからは回復できるさ。また、恋をするよ。性的な本能を無視できるかい？　君の美しい身体は愛するために造られている。その身体が黙ってないよ。人生に戸を立てるには若すぎる」

「あなたには、もう、うんざり、ロウリー。あなたにかかると、まるでベッドだけが人生の目的で、終着点なんだから」

「愛人を持ったことない？　ご主人以外にも大勢の男が熱を上げただろうに」

「知りません。私にはほとんど、意味がなかったとは考えられないのね、あなたには。誘惑に逆らったとも言えないわね、誘惑されたことがなかったから」

「ああ、どうして、その若さや美しさを無駄にできるんだろう？　あっという間に去っていくのに。富がいくらあっても、活かさなかったらどんな意味がある？　君は親切で、気前のいい女性だ。人にその富を分けてやりたいと思ったことはないのか？」

メアリーは一瞬、口をつぐんだ。

「言ってもいい？　でも、知ったら想像以上に私がバカだとあなたは思いそうだけど」

「そうだろうね、きっと。でもいいから、言ってごらん」

「自分が大方の女性よりきれいだと知らなかったら、それこそ、バカだわ。たしかに私は、人にあげたら、もらった人には大変価値のあるものを持ってるんじゃないかと思うことはある。ひどい自惚れに聞こえる？」

「いいや。その通りだもの」

「最近、一人でいる時間がたっぷりあったけど、大方つまらないことを考えて、無駄にしたわ。仮に私が愛人を持つとしたら、それはあなたのような男ではないわね。可哀そうなロウリー、あなたとは一番そんな関係になりそうにない。だけど、何度か考えたことがあるの、貧しくて、孤独で、不幸せで、生まれてこの方一度も楽しみを知らない、お金で買えるどんな楽しみも経験したことがない、そんな人に出会ったとして、私にはその人に一時間の完全な幸せという特別な経験をさせてあげられるとしたら。その人が夢にも起こらないと思っていて、この一度だけと約束するなら、私は喜んで与えてあげるでしょうって」

「そんなバカな話、生まれてこの方、聞いたことがない！」ロウリーが叫んだ。

「でも、今聞いたでしょ？」

メアリーは明るく答えた。「だったら、降りて、私、運転して帰るから」

「一人で大丈夫？」

「もちろん」

「じゃあ、おやすみ。その帝国創設者と結婚しろ、そして君はくたばってしまえ」

第四章

メアリーは、静まったフィレンツェの街を走った。往くときに通った道で、丘の頂上に山荘が建っていたことは書いた。つづら折の続く急な坂だった。およそ坂道を半分ほど登ったあたりにちょっとした半円形の見晴台があり、年を経た高いイトスギ、正面には手すりがあって、そこからフィレンツェの大聖堂や塔が見下ろせた。美しい夜景に惹かれてメアリーは車を停め、外に出た。目に入った景色、雲一つない広大な空のもと、満月に照らされる谷間の美しさに、胸をしめつけられるような痛みが彼女を襲った。

そのとき、突然彼女はイトスギの陰に男が立っているのに気がついた。タバコの火が目に入り、それが近づいてきた。ちょっと驚いたのはたしかだが、驚きを見せようとは思わなかった。男は帽子をとった。

「失礼ですが、先ほど、レストランで大層チップをはずんでくださったお方ではありませんか？　どうもありがとうございました」と彼は言った。

彼女にも分かった。

「ヴァイオリンを弾いてた方ね」

男はもう、あのバカげたナポリ風の衣装は脱いで、擦り切れて薄汚いどこにでもある服に着替えていた。英語はちゃんと話せたが、外国の訛りがあった。

「下宿のおばさんに下宿代借りてます。一緒に下宿している人たち、とっても親切してくれます。でも、みんな貧乏、お金要ります。今度、私、払えます」

「ここで何してるの？」メアリーが尋ねた。

「これ、帰り道です。景色を見ていました」

「じゃあ、この近くに住んでるのね？」

「あなたが山荘に来るちょっと前、並んでる小屋の一軒に入りました」

「私がどこに住んでるかなんて、どうして知ってるの？」

「車で通っていかれるの、見ました。お屋敷にきれいな庭があること、知ってます。山荘にはフレスコ画も」

「中に入ったことがあるの？」

「いいえ。私、中になんか入りません。百姓さん、そう言ってました」

メアリーの一瞬抱きかけたかすかな苛立ちが、消えてしまっていた。楽しげな話しぶりの、恥ずかしそうな若者だった。メアリーは思い出した。レストランで、どんなに彼が落ち着かない様子だったかを。

「家へ来て、庭やフレスコ画を見ない？」メアリーが言った。

「それ、とっても嬉しいです。いつ、よろしいですか？」

ロウリーの存在や、思いがけないプロポーズのせいで、メアリーの心は浮き立っていた。もう眠りたいという気持ちは全くなかった。

「今はダメ？」ついメアリーの口をついて出た。

「今？」彼は驚いて、オウム返しに言った。

「いいでしょう？あの庭は満月のときほど美しく輝くことはないのよ」

「とってもありがたいです」丁寧な言葉遣いだった。

「じゃあ、お乗り。乗せていってあげるから」

彼はメアリーの隣りに座った。車はそのまま走って、小屋が身を寄せ合うように建ち並んだところにさしかかった。

「あそこに私、住んでいます」若者が言った。

メアリーはスピードを落とし、貧しさに押しつぶされたような小屋の数々に見入った。どれも不潔でおぞましかった。走り続けて、やがて山荘の門に着いたが、門は開いていた。そのまま入っていって車を停め、二人は狭い回路を登った。主な部屋とメアリーの寝室は二階にあり、そこへは細造りの階段を上がるのだった。メアリーがドアを開け、灯りをつけたが、ホールにはこれといって見るものがなく、メアリーは若者をまっすぐ壁画のある客間に導いた。これは気品のある部屋で、歴代の山荘の持ち主が時代物の価値ある品で飾っていた。大きな花瓶に入れられた花が、その部屋の威厳ある感じを、なんとなく和らげていた。壁画はどうも傷みが進んでいて、修復されてはいなかった。それでも、描かれた人物はみな、十六世紀の衣装に身を包み、多様で圧倒的な活力を印象づけた。

「すばらしい！　すばらしい！」若者は叫んだ。「こんなものが見られるのは美術館だけと思っていました。個人で持っている人、いるなんて」

彼の喜ぶさまを見て、メアリーはスリルを感じた。この部屋にゆっくりとくつろぐ椅子がないこと、大理石の床に高い円天井では、よほど暖かい日でなければ、寒くて震えあがってしまうことなど、言ってやる必要を感じなかった。

「それで、これ全部、あなたのもの?」彼が尋ねた。

「いいえ、まさか。全部友だちのもの。その人たちが留守の間、貸してもらっているだけよ」

「ごめんなさい。あなた、美しい、美しい人が美しいものを持っている、正しいこと」

「こっちへいらっしゃい。ワインを上げるわ。それから庭を見ましょう」

「いいえ、私食事していません。これでワインを飲んだら頭、おかしくなります」

「どうして夕食、とらなかったの?」

彼は、それを聞いて、うかつにも子供のような笑い声をあげた。

「お金ありません。でもかまいません。明日食べます」

「まあ、それはひどい。台所へ行きましょう。何かあると思うわ」

「お腹、空いてません。食べ物よりこっちのほうがいい。月の光に輝いているお庭を見せてください」

「庭もお月様もなくなりはしないわ。なにか食事をつくります。それからなんでも、お好きなものを見たらいいわ」

二人は台所へ降りていった。大きくて床は石、五十人分は調理できそうな、でかい古めかしいレンジがあった。ニーナとチーロは、とっくに寝ていて、料理人も坂の中ほどにある小屋に戻っていた。メアリーとヴァイオリン弾きは、食べ物を探しながら、泥棒にでもなったような気がしていた。

パンにワイン、卵、ベーコンにバターも見つかった。メアリーはレナードが取りつけておいてくれた電気ストーヴのスイッチを入れ、パンをスライスしてフライパンでスクランブル・エッグを作りはじめた。

「ベーコンを少し、薄切りにして。そしたら焼くから。あなた、名前は？」

男は、片手にベーコン、もう一方にナイフを持って、踵をカチッと合わせた。

「カール・リヒター、美術の学生です」

「あら、私はイタリア人だと思ってたわ」メアリーは卵をかき混ぜながら、気さくな調子で言った。「ドイツ人の感じね」

「オーストリア人でした、あの国があったころは」カールの言葉にムッとした感じがあったので、メアリーは探るような目を向けた。

「どうやって英語を話せるようになったの？　イギリスにいたことがあるの？」

「いえ、学校と大学で身に付けました」突然彼は笑った。

「素晴らしい、そんなこと、お出来になるなんて」

「何が？」

「お料理」

「私が働いていたことがあると言ったら、びっくりする？　それも自分のためだけじゃなく、仕事としてよ」

「信じられません」

「生まれたときから、面倒見てくれる召使が何人もいて、贅沢に暮らしてきたというほうが信じられる？」

「そうです。おとぎ話の王女様みたいに」

「じゃあ、そういうことにしておきましょう。私は炒り卵もできるし、ベーコンも焼ける。でもそれは洗礼のとき、妖精の名付け親からもらった贈り物ということ」

準備が終わると、出来たものを載せたトレーを手に、メアリーが先に立って、食堂に入っていった。これも大きな部屋で、天井には絵が描かれていた。両端の壁にはタペストリーがかかっており、向き合う壁からは大きな木製金塗りの燭台が突出していた。

「こんなに貧しくて、ひどい身なりが恥ずかしいです」カールは笑った。「これほど立派な部屋では、古い絵画に描かれている騎士のように、絹とベルベットの服を着ていなければ」

彼が着ている服はボロボロで、靴は接ぎだらけ、襟元の開いたシャツは擦り切れていた。ネクタイは締めていなかった。テーブルの上のロウソクの明かりで、彼の目は暗く、落ちくぼんで見えた。珍しい形の頭は、黒い髪を短く刈りこんでいて、頬骨は高い。頬は落ちくぼみ、肌には生気がなく、緊張した感じの目には落ち着きがなかった。

そのとき、ふと、メアリーの頭に浮かんだのは、彼に時代衣装、たとえばウフィッィ美術館に展示されているブロンジーノ（伊画家。一五〇三―七二）の絵に描かれている若き貴公子の格好などさせたら、結構美しいのでは、という思いつきだった。

「あなた、お歳は？」メアリーが尋ねた。

「二十三です」

「それで充分ね」

「なにも幸運が訪れなかったら、若さなんてどんな意味がありますか？　私は牢獄にいるようなもので、逃げ出しようもありません」

「あなた、芸術家なの？」

カールが笑った。

「よくまあ、そんなこと、聞けますね、あの演奏を聴いたあとで。私はヴァイオリン奏者ではありません。オーストリアを脱出したとき、ホテルに口を見つけましたが、景気が悪くて、クビになりました。一つ、二つ、半端な仕事がありました。でも、外国人というだけで難しいうえ、書類が整っていませんでした。かろうじて生きるために、ヴァイオリンを弾きましたが、それも毎日ではありませんでした」

「どうして、オーストリアを出なければならなかったの？」

「学生の中にはドイツとの合併に反対する者もいました。私たちはレジスタンスを組もうとしました。もちろん、愚かなこと、希望はなかったんです。結果は、二人撃たれ、残りは強制収容所に入れられました。私は刑期六か月で入りましたが、脱走して山を越え、イタリアに来たんです」

「なにもかも、恐ろしいお話」メアリーが言った。ピンとこない、おかしな言い方だったが、メアリーにはそんな言葉しか思いつけなかったのだ。

カールは皮肉な笑みを浮かべた。

「私ひとりじゃないんですよね。世界には同じような目にあっている人が何千、何万といます。とにかく私は自由です」

「でも将来のことはどう考えているの？」

顔に絶望の色が走った。答えようとしたが、イライラした様子で笑った。「今はそんなこと、考えさせないでください。この貴重な瞬間を楽しませて。生まれてこの方、こんなことは、一度もありませんでした。存分に楽しめば、今後、どんなことが起きようと、この思い出を大事にできるでしょう」

メアリーは、初めてみるような目で彼を見た。胸の鼓動が聞こえるようだった。ロウリーに言ったことなど、のんびりと暮らしていたころの冗談としか思えない。いざとなれば、いつでも引きかえせばよかった。今そのいざというときがやってきたのか？

彼女はおかしなほど、向こう見ずな気分になっているのを感じた。いつもはほんの少ししか飲まないことにしているのに、カールとの付きあいで飲んだ強い赤ワインで酔いが回っていた。遠い昔の思い出が詰まったこの広い部屋で、悲しげな顔をした若者と向き合って座っているのは、不思議と心騒ぐものがあった。

時間はとっくに真夜中をまわっていた。開いた窓から流れ込む空気は温かく、いい香りがした。メアリーは、昂ぶった気持ちの中に、どこか重苦しい思いが走っているのを感じていた。身体の中で心臓が溶け、同時に血管の中では血が狂ったように走り回っているのだった。突然、彼女はテーブルから立ち上がった。

「さあ、庭を見てくれる？ それからあなたは帰らなければ」彼女が案内したフレスコ画のある大きな部屋から庭に出るのは、実に都合よくできていた。途中彼は足を止めて、壁際におかれた見事な木櫃《ひつ》を見た。それから蓄音機に目をとめた。

「こんな雰囲気の中で見ると、なんともおかしな感じですね」

「一人で庭に座っているとき、かけることがあるのよ」

「今、かけてもいいですか？」

「どうぞ」

彼がスイッチを入れると、たまたまレコードは、シュトラウスのワルツだった。彼は小さく喜びの声を上げた。

「ウィーンだ。私たちの大切なウィンナ・ワルツです」

彼は、目を輝かせてメアリーを見つめた。顔つきが変わっていた。直感的に彼が何を求めているか、分かったが、同時に彼が内気で、口に出せないだろうということも察しがついた。メアリーは微笑んだ。

「あなた、踊れる?」

「ああ、もちろんです。踊れます。ヴァイオリンより、ダンスのほう、うまいです」

「じゃあ、見せてちょうだい」

若者は、メアリーの身体に腕を回した。二人は、豪華な広間で深夜、ウィーンの楽団が演奏する、古風だが魅力的なウィンナ・ワルツの調べに合わせて踊った。

それからメアリーが手を取って、庭に出た。日中のまばゆいような日差しの下では、かつて深く愛され、今では美しさを失った女を思わせることもある庭だが、今、満月の光に照らされているきれいに刈りこまれた生垣、年を重ねた樹木、暑さ除けの洞窟、芝生など、すべてが胸を打つものだった。歩いていると、何世紀かの時間が消え、もっと新鮮で、若々しい世界の住民になったような気がしてくるのだ。本能がもっと向こう見ずで、求めていたものも物質ではなかった。軽やかな夏の風が、夏の白い花の香りを運んできた。

二人は手を取り合い、無言のまま歩いた。

「なんて美しいんだろう」やっと若者がつぶやいた。「とても耐えられないほどだ」そしてゲーテの有名な一節を口にした。ファウストが、ついに思いを遂げたあと、飛び去っていく時に止まってくれと、すがるところだ。

「ここでは、さぞかし、お幸せでしょうね」

「とっても、よ」メアリーは微笑んだ。

「それはよかった。あなたは親切、いい方。それに物惜しみもされない。そんなあなたは、幸せでなければ。この世で欲しいもの、すべて手に入れておられるのでしょうね」

メアリーがクスッと笑った。

「まあね、望んでもいいというものなら、何でも持っていることは確かだわ」

若者はため息をついた。

「僕は今晩、死にたい。こんな素晴らしいこと、二度と僕には起こらないから。今日のこと、一生忘れません。今夜の思い出大切にします。眼に焼きついているあなたの美しさ、この素敵なコレクションの記憶。あなたを天の女神だと思い、聖母マリアのように崇めます」若者はメアリーの手を取り、ぎごちない仕草で小さくお辞儀をしてから唇を押し当てた。メアリーが優しく顔に触れると、彼は突然跪き、メアリーの服の裾にキスして、感情の昂ぶりとともに彼女を捉えた。メアリーは両手で彼の頭を挟んで持ち上げ、瞳と口にキスした。この一連の行為には、何かしら厳粛で、神秘的な感じがあり、それは彼女がついぞ知らなかったものだった。胸が愛に満ちた優しさで溢れた。彼も立ち上がり、激しくメアリーを抱きしめた。若者は二十三歳。彼女は崇めたてまつる女神ではなく、わがものにする目標としての女だったのだ。

二人は、静かな家の中に戻った。

第五章

部屋の中は暗かったが、窓が広く開いていて、そこから月の光が流れ込んでいる。メアリーは、背もたれが直立した時代物の椅子に腰をおろし、その足元に若者が座って、頭を彼女の膝にもたせていた。タバコを喫っていて、その先が暗闇の中で赤く点っていた。

メアリーの問いに答えて、父親がドルフス政府の時代（一九三二―一九三四）、オーストリアの小さな町で、警察署長を務めていたこと、あの荒れた時代に起こり、平和を乱していたさまざまな騒動を、厳しく取り締まったことなどを語った。チビで農民出身の首相ドルフスが暗殺され、シュシュニック（一八九七―一九七七）が後を継いでからも決然たる態度を持ち続けて、その地位にとどめられた。彼はオットー大公の復権を喜んだが、それは彼が熱烈な愛国心から、祖国を愛し、これがオーストリアをドイツによる併合から守る唯一の道と考えたからだった。その後三年におよぶ任期中、オーストリア・ナチスによる反逆活動に対し、厳しい取り締まりを展開したため、彼らの強い憎しみを買った。

ドイツ軍が、備えもない小さな国に乗り込んできた運命の日、父親は自ら心臓を撃ちぬいた。まだ若かった息子のカールは、学業を終えるところだった。

専門は美術史だったが、教師になるつもりだった。しかし当面手の打ちようもなく、胸に怒りを抱きながら、勝ち誇るヒトラーがリンツの議事堂バルコニーで行う演説を聞こうと集まった群衆の中にいた。オーストリア人自身が喜び、歓迎の耳障りな喚声を上げ、征服者を迎えているのだ。だがこの熱狂は続かず、幻滅が襲った。

その中で大胆なものが集まり、外国の支配と戦う秘密組織をつくり、彼らの能力の及ぶ限り力を尽くし、多くの同調者を集めた。カールもその中にいたのだ。完全に秘密が守られていると信じ、何度も集会を開いたが、彼らの立てた計画は役に立たないものばかり、結局子供の集まりでしかなかった。その活動の一部始終、そこで語られた言葉の一言一句にいたるまで、秘密警察の司令部に報告されているとは夢にも思っていなかったのだ。

ある日、彼らは全員逮捕された。見せしめのため、二人が射殺され、ほかは全員、強制収容所に送られた。それから三か月後、カールは脱走し、幸運なことに境界線を越え、チロルのイタリア側に逃げ込むことができた。パスポートも、なんの書類ももっていなかった。それらはすべて強制収容所で没収されていた。逮捕され、浮浪者として投獄されるか、過酷な処罰が待つライヒ（ヒトラー率いる第三帝国。一九三三―四五）に送り返されるかという恐怖のうちに暮らしていたのだ。

「もし僕に拳銃を買うお金あったら、父と同じ、自分を撃っていたでしょう」

カールは、メアリーの手を取り、胸に当てた。

「そこです、肋骨の四番目と五番目の間。あなたの指当っているところ」

「そんなこと、言わないで」取られていた手を引き離して、メアリーが言った。

カールは笑ったが、暗い笑いだった。

「あなたご存じない、僕が何度アルノ河を眺めて、いつすべて失って、この河に身を投げるしかない日来るだろうと考えたか」

メアリーは深くため息をついた。彼の運命はあまりにも苛酷で、どんな慰めの言葉を探し出しても、ただ無意味なものになるだろうと思われた。彼はメアリーの手を胸に押し当てた。

「ため息なんかつかないで」彼は優しく言った。「僕もう何も後悔しない。何もかもが、この素晴らしい一夜で価値あるものになったから」

二人は話すのをやめた。メアリーは彼の惨めだった物語を思った。出口はなかった。彼女にいったい何ができる？　お金をあげる？　多分しばらくはそれで助かるだろう。でも、それだけのこと。彼はロマンティックな人。恐ろしい経験にもかかわらず、この人は人生について書かれたどんな本より多くを知っている。彼女が申し出るどんな援助も断るかもしれない。そのとき、突然一番鶏が鳴いた。その甲高い鳴き声が夜の静寂を鋭く破り、メアリーは我に返った。

「もう、行かなくては、ねえ」

「いや、まだだ」彼は叫んだ。「まだだ、愛しい人」

「もうすぐよ、夜が明けるわ」

「まだ、まだ、ずっと先のこと」カールは膝立ちになり、腕を回した。「あなたを崇めます」

メアリーは彼の手から逃れた。

「いいえ、あなたはほんとにもう行かなければ、遅いんだから、お願い」

メアリーにすれば、どちらかと言えば、彼の唇に浮かぶ優しい笑みを見たかったのだ。しかし彼は飛び上がって、コートや靴を探し、メアリーは明かりをつけた。もう一度身じまいを終えると、カールはメアリーを抱いた。

「私の可愛い人」彼は囁いた。「あなた、ほんとに僕を幸せにしてくれた」

「うれしいわ」

「あなた僕に生きていく目標くれた。あなたが僕のものである限り、僕にはすべてがある。未来は未来に任せておけばいい。人生そう悪いものじゃない。なんとかなる」

「決して忘れない？」

「決して」

メアリーは唇をカールの唇に重ねた。

「じゃあ、さようなら」

「さようならは、いつまで？」カールは熱っぽくつぶやいた。

メアリーはもう一度身を引き離した。

「ずっとよ、あなた。もうすぐ私はここを出るの。三日か四日後になると思うわ」ロにするのは難しいことに思われたが、言わなければならなかった。「もう一度会うことはできないのよ、私たち。分かるでしょう、私は自由じゃないの」

「あなた結婚してるのか？　みんなあなた未亡人と言っていた」

嘘をつくのは簡単、そうしなかったのはどうしてなのか、彼女には分からなかった。あいまいな言い方をした。

「私が自由じゃないと言ったとき、あなたはどういう意味だと思ったの？　もう一度会うことはできないのよ。あなたは私の人生をめちゃめちゃにしたくはないでしょう、どう？」

「でも僕あなたに会わなければ。もう一度、たった一度だけ、でなければ僕は死ぬ」

「ねえ、あなた、無茶なこと言わないで。言っておくわ、そんなことはできないの。ここで別れて、もう永遠に会えないの」

「でも、僕は君を愛してる。君は僕を愛していないのか？」

メアリーは一瞬、ためらった。彼に対して不親切なことはしたくなかった。しかしここでは、まぎれもない真実を伝えなければと思ったのだ。彼女は頭を振り、ちょっとだけ笑顔を見せて言った。

「いいえ。愛してはいないわ」

カールは、まるでなにも理解できないとでもいうように、彼女を見つめた。

「じゃあ、なぜ僕受け入れた？」

「あなたは一人ぼっちで、みじめだった。私はほんのちょっとの間、幸せをあげたかったの」

「ああ、なんて残酷な！　なんと恐ろしく残酷な」

彼女の声が大きくなった。

「そんなこと言わないで！　残酷なことなんて、するつもりなかったんだから。私の胸は優しさと、憐みでいっぱいだった」

「あなたの憐みなんか、一度も欲しがったことない。どうして僕をほっといてくれなかった？　天国を見せて、今度は地上に突き落とすなんて。いやだ、いやだ、いやだ」

そんな言葉を投げつけるカールは、背が高くなったように見えた。その怒りの中には、何かしら悲劇的なものがあり、メアリーはどことなく感動させられた。彼がそんな風に受け取るとは、彼女にしたら夢にも思わないことだったのだ。

「私はとんでもなく愚かだったのかもしれないわね」メアリーは言った。「あなたを傷つけようなんて思ってもいなかった」

今や、カールの瞳には愛などなく、冷たくむっつりとした怒りだけがあった。彼の白い顔は一層白くなり、デスマスクのように見えた。それは彼女を不安にさせた。どんな馬鹿なことをしたか、今では分かっていた。召使たちが寝ているところは遠く離れていて、メアリーが叫んでも聞こえないだろう。バカ、なんてバカなんだろう！　たった一つの道は、冷静を保っていながら怯えているのをカールに悟られないことだった。

「ほんとにごめんなさい」彼女は口ごもった。「あなたを傷つけるつもりなんかなかったのよ。もし何か私に埋め合わせできることがあったら、喜んでするわ」

カールは暗い顔をしかめた。

「一体何を言ってる？　金をくれるということ？　君の金なんか欲しくない。ここにいくら持ってる？」

メアリーが化粧台の上にあったバッグを取って中に手を入れると、拳銃に触った。それが彼女を動かした。ただの一度も撃ったことなどなかったのだ。ああ、こんなことになろうとは、考えるのもナンセンスだったわ。でも、よかった、持っている。愛するエドガー、彼はやっぱりただの老いたロバではなかった。まさか彼女がこんな羽目におちいると思って拳銃を押しつけたわけではなかっただろうという、大して意味のない思いが脳裏を走った。こんな状況におかれているのに、メアリーはそんな思いを楽しんでいたし、落ち着きを取り戻していた。

「私、二、三千リラは持ってる。それだけあれば十分スイスへ行けるでしょう。あそこのほうが安全だわ。言っとくけど、私、そのお金、惜しいとは思わないからね」

「そりゃあ、惜しくなんかないだろう。君は金持ち、そうだろ？　金持ちだから、一晩の楽しみを買うくらい、なんでもない。いつも愛人たちに払わなければならないのか？　もし金が欲しいなら、僕がわずかなリラで満足する思うのか？　君が着けている真珠、腕のブレスレットもいただくだろうよ」

「そんなものも、みんなあげるわ、あなたが欲しいのなら。私には何の意味もない。テーブルの上にあるわ。持ってらっしゃい」

「この下劣な女。そんなに下劣だから、どんな男でも値をつければ金で買えると思っているのか。バカな奴、そんなに金が欲しければ、俺はナチと手を組んだだろうと思わないか。何もはぐれ者になることなかった。飢えることなかった」

「ああ、いったいどうしてあなたに分からせることができないのかしら？　親切にしようと思ったのよ。あなたは私がわざと傷つけたと思ってるようね。それならその埋め合わせをしたいの。もし怒らせたのなら、もし傷つけたのなら、許してほしいの。私はただ、良かれと思っただけなんだから」

「嘘つき。バカ、好色、なんの価値もない女、いったいこれまでどんないいことをした？　お前、刺激や新しい経験求めてうろついてるだけ。退屈をしのげるならなんでもいいんだ。それがどんな傷を人に与えているかなんて、お構いなしに。でも今度お前しくじった。見知らぬ男を家に引き入れる、危険。俺はお前を女神と間違えた。お前ただの売女。お前を絞め殺すのいいことかもしれない、それで俺みたいにまた誰か傷つける、なくなる。いいか、そうしようと思えばできるんだぞ。誰が俺のこと疑う？　俺がこの家に入ってくる、誰が見た？」

彼はメアリーのほうに一歩近づいた。彼女はパニックに陥った。彼は悪意に満ちて、威嚇的だった。痩せこけた顔は憎しみでゆがみ、落ちくぼんだ目が光った。メアリーは自制しようと努めていた。まだバッグをもっていたが銃を取り、銃口を彼に向けた。

「もし、すぐここを出ていかなかったら、撃つわよ」彼女は叫んだ。

「じゃあ、撃て」

彼はメアリーに向かってもう一歩進んだ。

「もう一インチでも近づいたら、私は引き金を引くから」

「撃てったら。俺に命、何か意味あるとでも思ってるか？　俺には我慢ならない重荷を奪ってくれるだけ。撃て、そうしたら何もかも許す。俺、お前を愛している！」

彼の相が変わっていた。むっつりとした怒りがきれいに拭い去られ、大きくてきれいな瞳が歓びで輝いた。彼は近づき、頭をそらし、腕を広げて胸を銃口に向けた。

「泥棒、お前の部屋入った、撃ち殺した、言えばいい。さあ、早く、早く」

メアリーは拳銃を落とし、椅子に身を投げて顔を隠して、感情が高まるまま、泣いた。カールは一瞬彼女を見つめた。

「勇気なかったか？　可哀そうに。なんてバカだ、なんとおっそろしくバカだ。お前、俺と遊んだみたいにほかの男と遊んだらだめ。さあ、こい」

カールは彼女に腕を回して抱き上げ、立たせようとした。メアリーは彼が何をしたいと思っているのかが分からず、ひどく泣きながら、椅子にしがみついていた。彼がメアリーの手を打ったので、痛みに悲鳴を上げながら、彼女は椅子から手を放した。彼女は素早い動きで彼女を抱き上げ、部屋を横切り、手荒にベッドの上に投げ出した。彼女の横に飛び乗り、腕に抱いて彼女の顔をキスで埋め尽くした。メアリーは何とか逃れようとしたが、彼は離さなかった。彼は強かった。見た目よりずっと強く、メアリーは彼の腕にしっかりとらえられて無力だった。ついに彼女は抵抗をあきらめた。

二、三分後、彼は起きあがった。メアリーはずたずたになっていた。カールはベッドのそばに立ち、彼女を見下ろした。

「お前は私を忘れないで言った。俺忘れる。でもお前、忘れないだろう」

彼女は動かなかった。恐怖に満ちた目でカールを睨みつけた。カールはちょっと厳しさを交えて笑った。

「心配するな。傷つけるは、しない」

彼女は何も言わなかった。彼の眼が放つ怒りに満ちた残酷な眼差しに耐えられず、目を閉じた。カールが忍び足で暗い部屋を動いていくのが聞こえたが、突然一発の銃声と何かが倒れる音が聞こえた。それを聞いてメアリーは混乱した悲鳴を上げて立ち上がった。

「まあ、なんてことをしたの！」

彼は窓の前に横たわり、窓から月がその身体に光を注いでいた。彼女は飛びかかるように彼のそばに跪き、名前を呼んだ。

「カール、カール、あなたは一体何をしたの？」

彼女はカールの手を取ったが、離すと命を失った音を立てて床に落ちた。メアリーは手を彼の顔にあて、胸にあてた。彼は死んでいた。彼女は後ずさりして、恐怖に駆られながら、死体を見つめた。彼女の心は空っぽになっていた。どうしたらいいのか、分からなかったのだ。頭は揺れ、彼女は気を失うのではないかと恐れていたのだ。

突然彼女は立ち上がった。玄関への通路を走ってくる音が聞こえたのだ。それは裸足の足音だった。やがてそれは止まって、ドアの外で中の様子を聞いていることがメアリーには分かっていた。彼女は取り乱した状態のまま、死体を見つめていた。小さなノックがあった。メアリーはひどく震えていて、口元まで来ている悲鳴を抑え込むには恐ろしい力が必要だった。彼女は床の上に座り込み、傍に横たわる死体同様、動かなかった。またノックが聞こえた。彼女は力を絞って答えた。

「はい、どうしたの？」

「大丈夫ですか、シニョーラ?」それはニーナの声だった。「私にはバンという音が聞こえたように思ったものですから」

メアリーは、出来るだけ自然に聞こえるように、爪が掌に食い込むほどこぶしを握りしめながら、言った。「夢でも見てたんじゃない? 私は何も聞かなかったわよ。お休み」

「分かりました、シニョーラ」

一瞬、間をおいて、また裸足の足音が遠ざかっていくのが聞こえた。メアリーは、まるでその音を目で聞けるかのように、首を回して足音を追った。メアリーは本能的に、考えをまとめるための時間稼ぎに、ああ言ってしまったのだ。彼女は深いため息をついた。でもなんとかしなければ。もう一度かがみこんでオーストリア人を見た。身震いをした。また立ち上がり、死体の腕の下に手を入れ、窓から引きずり出そうとしたが、彼女には自分が何をしているのか、ほとんど分かっていなかった。訳の分からない衝動から、彼の死体を部屋の外に出したいと思ったのだ。しかし、死体は重かった。苦しみのあまり、息をのんだ。まるで自分が鼠のように弱っていると感じたのだ。どうしたらいいのか、考えられなかった。

そのとき突然気がついたのは、ニーナを帰してしまったこと。気でも狂っていたのかという思いだった。あの男が死体となってあの部屋に転がっているのに、何でもないと言ってしまったことを、どう説明できる？　四方を壁に囲まれたあの部屋で彼が自分で自分を撃ったというのに、どうして何の音も聞かなかったなどと言ってしまったのか。彼女の置かれた立場を巡って、恐ろしく難しい問題のすべてが混じりあって押し寄せ、彼女の頭の中で渦を巻いた。それに恥辱。不名誉。また、あの男がどうして自分を撃ったのかと聞かれたら、どう答えればいい？　たった一つ彼女にできるのは真実を述べることだったが、その真実が薄汚いものだった。

こんな時に、彼女を助け、どうすればいいか、言ってくれる人もなく一人でいるというのはとても酷いことだった。気が動転していたせいか、メアリーは、誰かに会わなければと思い込んでしまった。助けて、助けて、誰か助けて。ロウリー。思いついたのは彼だけだった。あの人なら、頼めば来てくれる、メアリーには確信があった。あの人は私のことが好きだ。愛してると言った。悪い奴だけれど、いいところがある。とにかく、あの人なら助言はしてくれるだろう。でも時間が遅い。こんな真夜中に、どうしてそんな風にあの人を摑まえることができるだろうか。しかし、彼女としては、夜明けまでは待てなかった。どんな手を打つにしても、今すぐやらなければ何の意味もない。

彼女のベッドのそばに電話があった。彼の電話番号を知っていた。エドガーが同じホテルに泊まっていて、メアリーは何度も電話していたからだ。ダイヤルした。最初応答がなかったが、やがてイタリア人の声で返事があった。おそらく夜勤の玄関番で、こっそり一眠りしていたのを彼女が起こしてしまったということなのだろう。メアリーはロウリーの部屋につなぐよう頼んだ。ベルが鳴っているのは聞こえるのだが、返事がない。一瞬、メアリーは震えあがった。外出していたらと思ったのだ。彼女と別れてから、どこかに行ったのかもしれない、ギャンブルか、それともあの男のことだ、誰か女を見つけて、一緒に家に帰ったのかもしれない。機嫌の悪い、眠そうな声が聞こえたときには、メアリーはほっと溜息をついた。

「はい。どうしました？」

「ロウリー、私よ、メアリー。私、今恐ろしいトラブルに巻き込まれてるの」

彼女は突然彼がすっかり目を覚ましたのを感じた。彼はちょっと笑った。

「トラブルといっても、遅いなあ。一体何があったんです？」

「言えないわ、深刻なんだから。あなたに来てほしい、ここへ」

「いつ？」

「今。すぐ。ゴタゴタ言わずに、すぐ来て！」彼にはメアリーの声の震えが伝わった。

「もちろん、行くさ。心配しないで」

この二言にどれほど慰められたことか。受話器を置いて、メアリーは考えた。彼がここへ来るのにどのくらいかかるか、ホテルからこの山荘まで、三マイル以上ある。ほとんどは上り坂だ。この時間にタクシーということはないだろう。歩くしかないとなれば一時間近くかかる。一時間もすれば夜が明ける。彼女は部屋で待ってはいられなかった。なんて恐ろしいこと。

メアリーは急いで着ていた部屋着からドレスに着替えた。明かりを消し、音を立てないように、十分注意しながらドアの鍵を開け、そっと通路に出た。車道に通じている記念碑風の階段を降り、車道沿いに続く樹の陰を頼りに門まで歩いた。それも、ついさっきまであれほど彼女の心を満たしていた月の光が、今や恐怖をもたらしていたからだった。そこに立つメアリーは、まだ待たなければならない長い時間を思うと胸がむかむかした。

しかし突然、足音が聞こえ、パニックに襲われたメアリーは、木蔭に身を隠した。誰かが、丘のふもとから通じている急な階段を上ってくる。道路が造られるまでは山荘へのただ一つのアクセスだったのだ。誰かは分からないが、とにかく山荘に上がってくる人がいる、そして急いでいるようだ。闇の中から男が現れ、それがロウリーと分かったときのメアリーの安堵感は、表現のしようもないほどだった。

「ああ、よかった。来てくれたのね。どうやってここまでそんなに早く来れたの？」

「夜勤のポーターが眠っていてね、やっこさんのバイクをちょっと拝借したのさ。坂の下に隠しておいた。階段のほうが早いと思ったのでね」

「来て」

ロウリーは彼女の顔を覗きこんだ。

「一体どうしたんだい？　君はひどい顔してるぜ」

メアリーは首を振った。彼女には話せなかった。ロウリーの腕をつかみ、急いで山荘に戻った。

「できるだけ音を立てないで」中に入ると、メアリーが小声で言った。

「しゃべらないで」

メアリーはロウリーを彼女の部屋に連れていった。ドアを開け、メアリーについてロウリーも部屋に入った。メアリーはドアを閉め、鍵をかけた。すぐには明かりをつけることもできないほどだったが、やっと気を取り直しスイッチをいれた。しかしそれは何の助けにもならなかった。スイッチに触れた。天井から吊るした大きなシャンデリアで、部屋がまばゆいほど明るくなった。二つある大きな窓の一つの近くに横たわる死体を見るなり、ロウリーの眼は迫力のある輝きを見せた。

「なんとまあ！」彼はさけんだ。メアリーに向きなおってじっと彼女を睨みつけた。

「一体、どういうことなんだ？」

「その人、死んでる」

「見りゃ分かるさ、まぎれもなく仏様だ」

ロウリーは腰を下ろして跪き、男の瞼を開け、それからメアリーがやったように、手を男の心臓に当てた。

「間違いないな、死んでら」拳銃はまだ男が握りしめたままになっていた。

「この人、自殺したのよ。私が殺したと思った？」

「召使どもはどこにいる？　君が警察に行かせたのか？」

「いいえ」メアリーはうめいた。

「でも、それはしておかないと。あそこにあのままほっとくわけにはいかん。なんとかしなくっちゃ」ロウリーは、やっていることの意味を考えることもなく、機械的に男の手から拳銃をもぎ取り、じっと見つめた。

「こいつは、車の中で君が見せた銃そっくりだぜ」

「あれだもの」

彼はメアリーをじっと見た。彼には理解できなかった。どうして理解できる？　状況が不可解だった。

「どうしてやつは自分を撃ったんだ？」

「後生だから、何にも聞かないで」

「こいつが誰か、知ってるのか？」

「いいえ」

メアリーは青ざめて、震えていた。今にも気を失いそうだった。

「気を取り直さなければ、メアリー。びくびくするのはよくない。待ってな。俺、台所に行って、ブランデーか何か、持ってきてあげよう。どこにある？」

彼が行きかけると、メアリーが悲鳴に近い声を上げて止めた。

「私を置いていかないで。ここにじっと一人でいるのが怖いの」

「じゃあ、一緒に来いよ」ロウリーはぶっきらぼうに言った。

彼はメアリーの肩に腕を回し、支えて部屋を出た。台所にもまだロウソクが燃えていて、ロウリーが入っていって最初に目についたのは、二人がとった夕食の食べ残し、皿が二つ、グラスも二つ、ワインのボトル一本、それにメアリーが作ったベーコン・エッグが載ったフライパンだった。

ロウリーはテーブルへ歩いて行った。カールが座っていた椅子のそばには、古びたフェルトの帽子が転がっている。ロウリーはそれをつかみ上げ、じっと見つめたあとメアリーに目を向けた。彼女は目を合わせることができなかった。

「私、知らないと言ったけど、あれは嘘」

「そいつは、俺に言わせれば、つらいほど見え見えだったね」

「お願いだから、そんな言い方しないで、ロウリー。私、とってもみじめなんだから」

「ごめんよ」ロウリーは優しく言った。「じゃあ一体誰なんだ、あれは？」

「ヴァイオリン弾きよ。レストランで。ほら、お皿を持ってまわっていた。覚えてない？」

「あいつの顔にはなんとなく見覚えがあると思っていたけど。ナポリの漁師みたいな衣装つけてなかった？　だから見分けがつかなかったんだ。もちろん今はちがってしまっているけど。それにしても、どうしてこいつがここにいるの？」

メアリーはためらった。

「家に帰ろうとして、この人とばったり会ったのよ。坂道を半分ほど上がったところに住んでいて、話しかけてきたわ。さびしそうだった。とっても不幸せそうで」

ロウリーは自分の足元を見つめていた。彼は混乱していたのだ。メアリーがやったとしか思えないのだが、彼女はおよそそんなことをしそうにない女だったからだ。

「なあ、メアリー、君のためなら、僕はどんなことでもやるよ。助けてあげたい」

「あの人はお腹を空かしてた。で、食べるものをあげたの」

ロウリーは顔をしかめた。

「君が急いで作った飯を食ったら、出ていって君の拳銃で自分をズドン、そういう話？」

メアリーは泣き出した。

「ほら、このワインをお飲み。それから泣いたらいい」

彼女は頭を振った。

「いいえ、私、大丈夫。もう泣きません。今なら分かるわ、狂ってたのよ。でもあのときには、そうは思えなかった。おかしくなってたんだと思う。ほら、あなたが車を降りる前に、私が言ったでしょう」

ロウリーは突然、彼女の言っていることの意味が分かった。

「あれは、夢物語、たわごとだと思っていたよ。まさか君がそこまで、くそバカらしいことをするほど、おかしくなれるとは、考えもしなかったな。でも、どうして奴は自殺したんだ?」

「分からない。私には分からないわ」

ロウリーはしばらく考えていたが、皿やグラスなどを集めはじめ、それをトレーに載せた。

「何をしてるの?」

「君が男を夕食に連れ込んだあとなんか、残さないほうがいいとは思わないのか?

台所はどこ？」

「そのドアを通って、階段を降りたところ」

ロウリーはトレーを持っていった。帰ってみるとメアリーはテーブルに座って両手で頭を抱えていた。

「降りていってよかったよ。君は電気を全部つけっぱなしだった。どうやら君はやったことのあとを隠してしまうことには慣れていないらしいな。召使さんたちも、夕食のあとの洗い物を済ませていなかったから、一緒に突っ込んどいた。うまくいけば、誰も気がつかないだろう。さあ、これで警察を呼ばなければ」

メアリーは悲鳴に近い声を上げた。

「ロウリー！」

「おい、君、よく聞いて。頭をしゃんとしていなければ。今までずっと考えていたんだけれど、それを言うからね。まず君は寝てましたと言わなければ。そこへ明らかに泥棒と思われる男が部屋に入ってきて、それで目が覚めた。君は明かりをつけ、ベッドテーブルの上にあった拳銃をとりあげた。男ともみ合っているうちに銃が暴発した。君が撃ったか、男が自分で撃ったかは問題じゃない。男が追い詰められ、君の悲鳴で召使たちが集まってくるのを恐れて、自分で自分を撃ったというのは、考えられることだ」

「誰がそんな話、信じる？　ありえないわ」

「とにかく、真実よりは信じられる。君がこの線でがんばったら、誰もそれが嘘だなんて証明できっこないよ」

「ニーナは発射音を聞いてるのよ。彼女は私の部屋へやってきて、どうかしましたかって聞いた。何も、って私は言った。警察で聞かれたらニーナはそのことを話すでしょう。そうなったら私はどう説明すればいいの？　作り話は粉々になってしまう。どうして私は何でもないなんて言ってしまったんだろう、男が私の部屋で死んで転がっているというのに。もう終わりだわ」

「君は僕に本当のことを言えないのか？」

「恥ずかしいのよ、とっても。だけどそのときには、なんだか美しいことをしていると思っていたわ」

メアリーはそれ以上何も言わず、ロウリーが彼女をじっと見つめた。半分は理解できたのだが、まだ混乱していた。メアリーが深いため息をついた。

「ああ、そうだ、警察を呼びましょう。片づけてしまうの。つまり破滅。しかたないわね、自分でまいた種なんだから。もう誰とも、二度とまともに顔を合わせることなんかできない。新聞社が来る。それにエドガー。これで終わりだわ」

それからメアリーは驚くべきことを口にした。

「結局のところ、あの人は泥棒なんかじゃない。そんな汚名を着せなくても、私は可哀そうなあの子に、十分ひどいことをしたの。すべて悪いのは私、責任は全部私が負わなければ」

ロウリーはじっと彼女を見た。

「そうだな、破滅するね、そのとおりだ。それにやたら出てくるスキャンダル。ひどいことになって、君は逃げ切れないし、表ざたになったら、もう誰にも助けることはできないよ。そんな危険を冒すつもりなのか？　言っとくけど、それは大変な賭けで、下手すると取り返しのつかないことになる」

「どんな危険でもかまわない」

「死体はどこかへ移そうよ。そうすれば君が彼の死に関わっているのでは、なんて誰が疑う？」

「そんなことができるもんですか。無理だわ」

「いや、大丈夫。君が手を貸してくれれば、車に乗せられる。この丘のことは、君ならよく分かっているだろう。何か月も見つからない場所があるはずだ」

「でも探すでしょう、あの人がいなくなったら」

「探すもんか。イタリア人のヴァイオリン弾きのことなんか、誰が気にする？　家賃が払えなくて夜逃げしただけのことかもしれないし、どこかの奥さんと駆け落ちしたのかもしれない」

「あの人はイタリア人じゃなかった。オーストリアからの避難民だったわ」

「ああ、そのほうが都合がいい。それなら君は何を賭けたっていい、誰もこのことで大騒ぎなんかするわけない」

「そんなこと、しなければならないなんて、ロウリー、わたし、怖い。あなたはどう？　とっても危ないことしてるんじゃないの？」

「ほかに手がないんだよ、メアリー、それと僕に関する限り、君が心配する必要なんかない。実をいうと僕は、危険を承知の上で飛び込んでいくのが好きでね。人生から得られる限りのスリルをいただこうというほうだから」

ロウリーのこんな気軽なおしゃべりを聞いて、メアリーはとても気持ちが楽になった。抱えていた苦しみも、それほど耐え難いものとは思えなくなってきた。二人でなら、彼の言っていることもやってのけられそうな気がしてきたのだ。

しかし、そこでメアリーをもうひとつの不安が襲った。

「もう夜が明けるわ。明るくなってきたらすぐ、お百姓さんたち、野良仕事に出てくる」

ロウリーは、ちらと時計をみた。

「何時ごろ？　夜が明けるのは？　五時前ということはないだろう。それなら大丈夫。まだ一時間ある。さっさとやればなんとかなるさ」

深くため息をついて、メアリーが言った。

「もう全部あなたに任せるわ、何でも言って。その通りにします」

「じゃあ、おいで。言っとくけど間違っても途中で腰抜かしたりするんじゃないぞ」

ロウリーは死んだ男の帽子を拾い上げ、二人して死体の横たわる部屋に戻った。

「両脚をしっかり持って。僕が腋の下で抱き上げるから」ロウリーが言った。

二人で抱えてホールを通り、表の玄関を出た。ロウリーにすれば、苦労の末、後ろ向きに階段を下した。恐ろしく重そうに見えた。

「ここまで車、回してこれるかい？」ロウリーが尋ねた。

「それはできるけど、ターンする場所がないわ、ふもとまでバックで降りることになるけど」メアリーが不安そうな声で答えた。

「僕が何とかしよう」

メアリーは、狭い取り付け道路の端まで降りていき、車で上ってきた。その間、ロウリーは家の中に戻った。男はうまい具合に心臓をまっすぐに撃ち抜いていたので、出血はほとんど体内に留まっていた。

ロウリーは浴室のタオルを濡らしてきて、血痕をぬぐった。床は濃い紅色の大理石だったから、掃除の女中に血痕と見抜かれることなどないとロウリーは確信した。血にまみれたタオルを手にして、もう一度外に出た。メアリーは車のそばで待っていたが、彼が何をしていたのかと尋ねることはなかった。

ロウリーは車の後部ドアをあけ、また死体の腋の下に腕を入れたが、難しそうな様子を見ていたメアリーが脚を持ち上げた。二人は無言だった。死体を車の床に横たえると、ロウリーは、車の振動で血が漏れることを考え、胸のまわりにタオルを巻いた。

男がかぶっていたソフト帽は、頭の上に押しつぶすように置いた。ロウリーは運転席に乗り込み、車を門のところまで、バックさせた。ここなら、車をターンするスペースがたっぷりあった。

「僕が運転しようか？」

「そうして。丘を降り切ったところで右に曲がって」

「大通りから、できるだけ早く離れよう」

「四、五マイルほど行くと、丘の頂上に通じる道があるの。道路わきにたしか、森があったと思う」

大通りに出ると、ロウリーはスピードを上げた。

「すごく飛ばすのね」メアリーが言った。

「グズグズしてる時間なんかないんだよ、可愛いメアリーちゃん」ロウリーの言葉には棘があった。

「私、怖いわ、とっても」

「そのほうがいいんだって」ロウリーの口ぶりは、マナーなどというものではなく、メアリーは黙った。月が落ちて、あたりは真っ暗、メアリーは速度計を見ることはできなかったが、時速八十マイル近く出ていただろう。彼女は座席で拳を握りしめていた。やっているのは恐ろしいこと、危険なことだったが、これが彼女にとってたった一つのチャンスだった。動悸は痛いほどだったが、メアリーは自分に言い聞かせ続けた。

（なんて、バカだったんだろう、私って！）

「もう五マイルは来ている。曲がり角を見逃してはいないよな？」

「はい。でももうすぐのはずよ。ちょっと、スピード、落として」

車はさらに進んでいったが、メアリーは丘の途中の町に通じる曲がりくねった坂道を探して、目を凝らしていた。遠くから眺めた丘の町の姿に惹かれ、二、三度足を向けたことがあったのだ。古いフィレンツェの街の絵の背景に描かれた家並みそのままだった。画家が福音書の物語の舞台として、故郷トスカーナ地方の美しい風景を選んだものだ。

「あった！　あそこよ！」メアリーが突然叫んだ。

だがそのときにはもう角を通り過ぎていて、ロウリーは、ブレーキをかけてから、曲がれるところまで車を戻した。道路の両側の暗闇の中を二人して覗きこみながらゆっくり登っていったが、メアリーが急にロウリーの腕に触り、左手を指差した。ロウリーは車を停めた。アカシアらしい茂みの側に雑木林があり、びっしりと下草が生えていた。あたりは険しい崖になっているらしかった。ロウリーはライトを消した。

「ちょっと降りて見てくる。いけそうだ」

彼は車から降りて、茂みの中に飛び込んだ。彼らを包む、死んだような静けさの中で、下草の中を這うように進む音がひどく大きく聞こえた。二、三分でロウリーはふたたび姿を現した。

「大丈夫だと思う」声の届くところに、人っ子一人いなかったが、ロウリーは囁くように言った。

「車から出すのを手伝ってくれ。運ぶのは僕が何とかする。でも、崖を降ろすのは君には無理だ。身体中引っ掻かれるよ」

「私は構わない」

「僕が考えてるのは君のことじゃない」ロウリーは荒っぽい言い方をした。

「靴下が破れ、靴がぼろぼろになったら、召使たちにどう説明する？　僕でなんとかできるだろう」

メアリーは車を降りて、二人で後ろのドアを開けた。死体を持ち上げようとしたとき、上の道に明かりが見えた。坂道を降りてくる車のライトだった。

「ああ、もうだめ、私たち、見つかった！」メアリーは叫んだ。「ロウリー、あなたは離れてて」

「つまらんこと言うんじゃない」

「あなたを巻き込みたくないのよ」メアリーは切羽詰まった声を上げた。

「いい加減にしろ、バカなこと言って。知らん顔してるんだ。君さえクールでいたら、騒ぎにはならないんだから。ちゃんとごまかせるったら」

「いいや、ロウリー、もうおしまい」

「うるさい。やめろと言ったらやめろ。落ち着くんだ。後ろに乗ってろ」

「あの人がいる」

「黙れ」ロウリーはそう言ってメアリーを押し込み、自分も続いて入った。やってきた車のライトは、曲がり道のおかげで見えなくなったが、また次のカーブを回ったら、すっかり照らし出されてしまうだろう。

「僕に抱きつくんだ。ちょっとばかり、おかしなことをしようと、人気のないところにやってきたカップルと思うだろう。でも、じっとしてろよ、動かないで」
車は近づいてきた。やっとすれ違えるほど狭い道だ、二、三分もすれば、スピード
を落として傍に来る。ロウリーは腕を伸ばして、ぐっとメアリーを抱き寄せた。二人
の足元には、折り曲げられ丸くなった男の死体が転がっていた。
「キスするから、君も本気でしてるように見せないと」
左右に揺れながら、車が近づいてきた。乗った連中が大声で歌っているのが聞こえ
た。
「畜生め、奴ら、酔っぱらってるらしい。ちゃんと見て、当たるんじゃないぞ、当て
られたらおしまいだ。急いで、キスを」
メアリーは唇を合わせ、夢中のあまり、接近してくる車にも気づかないように振る
舞った。車の中はすし詰めで、その声で死体も目を覚ますのではというほど。きっと
丘の頂上の村で結婚式があり、この連中はその客、アルコールも入って盛り上がり、
こんなに遅くまで、浮かれ騒いでいたのだろう。宴も果てて、丘の中腹にあるもう一
つの村に帰っていくところなのだ。道の真ん中を走っていて、これでは間違いなく対
向車にぶち当たると思われた。手の施しようもなかった。

突然怒鳴り声が聞こえた。ヘッドライトが、止まっている車を照らし出したのだ。ブレーキの大きな金属音が聞こえ、やってきた車が急停止した。かろうじて避けることのできた危険に気づいて、酔いも醒めたらしく、ドライバーはカタツムリのように速度を落とした。そこで誰かが、止まっている暗い車の中に人がいるのに気づき、それが熱っぽく抱き合っているカップルと分かって、大笑いが湧き上がった。ひとりは下品な冗談を飛ばし、二、三人が生々しい音を立てた。ロウリーはメアリーをしっかり抱いていた。見たところ、愛の絶頂にあって、ほかのことは何も目に入らないというように思われたかもしれない。

中の陽気な男が思いついて、ヴェルディのオペラ「リゴレット」の「女ごころの唄」を朗々たるバリトンで歌いはじめた。ほかの、歌詞を知らない連中も、一緒になって歌いだした。車はゆっくりすれ違っていったが、間はほんの一インチほどしかなかった。

「君の腕を首に回せよ」ロウリーがささやいた。向こうの車が真横に来たとき、ロウリーはメアリーの唇をふさいだまま、酔いどれどもに向かって明るく手を振った。

「ブラボー！　ブラボー！」彼らは一斉に叫んだ。「お楽しみ！」

それから、去っていきながら、またさっきのバリトンが「女ごころの唄」を歌った。車は危なっかしくふらふらしながら、坂道を下っていった。彼らが視界から消えてもなお、大声が遠くに聞こえていた。

ロウリーはメアリーを抱いていた腕を離し、彼女は疲れ切って車の隅に倒れこんだ。

「世の中が、恋人たちに好意的なのは、ありがたいことだ」ロウリーは言った。

「さあ、仕事をかたづけなくちゃ」

「大丈夫かしら？　ここで発見されたら……」

「この道路沿いなら、どこで見つかっても、僕たちがこのあたりにいたというのはまずい。怪しいと思われるよ。でも、遠方まで走り回り、これ以上の場所は見つからない、あとを消す時間もなくなるとなったら。連中は酔っぱらっていた。これと同じ型のフィアットなんて、いくらでもあるんだよ。どうやって僕らと結びつける？　とにかく、この男が自殺したのははっきりしてる。車を降りよう」

「耐えきれるかどうか、自信がないわ」

「いや、なんとしても、こいつを運び出すのは手伝ってくれなきゃ。それが済んだら、そこらに座っていたらいい」

ロウリーは車を降りて、メアリーの手を引いた。途端に彼女はステップに倒れこみ、ヒステリックに泣き出した。ロウリーはメアリーの頬を強く引っぱたいた。彼女は驚きのあまり飛び上がって、泣き出したとき同様、ぴたりと泣き止んだ。もう泣かなかった。

「さあ、手伝って」

それ以上、一言もなく二人してしなければならない作業に取りかかり、死体を車から運び出した。ロウリーが脇の下に腕を入れて持ち上げた。

「今度は両脚を僕のもう一方の腕の上に乗せて。こいつ、やたら重たい。僕が茂みをへし折りながら進まなくていいように、そのあたりを抑えてくれないか」

メアリーがその通りにすると、彼は重い身体を抱えて、下草の中に飛び込んだ。そのときの音があまりにも大きくて、恐怖に取りつかれた彼女の耳には、何マイルも先まで聞こえたのではないかと思われるほどだった。彼が戻ってくるまでの時間がなんと長く思えたことか。やっと道路を登ってくるのが見えた。

「降りたのと同じところは通らないほうがいいと思って」

「大丈夫？」

「そう思うよ。ああ、やれやれ、まいった。一杯やりたいね」そう言ってメアリーのほうを見たが、そこにちらと笑みが浮かんでいた。

「もう泣きたければ泣いてもいいんだぜ」

メアリーは答えず、二人は車に戻った。ロウリーは車を出した。

「どこへ行くの?」メアリーが尋ねた。

「ここでは向きを変えられない。それにちょっと走ろう。車がここに止まって、方向転換したあとなど残さないほうがいいからね。この先、どこかメイン・ロードに戻る道を知らない?」

「ないはずよ。この道は上の村にしか通じてない」

「分かった。じゃあ、もう少しこのまま走って、回れるところで回ろう」

二人は黙って走り続けた。

「タオルがまだ車の中だわ」

「よし、どこかに捨てよう」

「レナード家のイニシャルが入ってるけど」

「いいから、気にしないで。何とかする。どうにもならなかったら帰り道に石を包んでアルノ河に投げるさ」

さらに一、二マイル走ったところで、道路わきにちょっとした平地があり、ロウリーはそこでターンすることに決めた。

「ちくしょう、しまった！」ターンしようとして、ロウリーが叫んだ。「拳銃だ」

「どうしたの？　あれは私の部屋にあるけど」

「今の今までそのことをすっかり忘れていた。あいつの死体が見つかり、自殺に使った銃は見当たらないとなると、連中はいろいろ推測しはじめるだろう。奴のそばに置いておくべきだった」

「どうすればいいの？」

「どうしようもない。運任せだ。これまではついていた。死体が見つかったが銃はない、となるときっと警察は、たまたまどこかのガキが見つけて銃をくすねた、そして誰にも何も言わないでいる、とでも考えるだろうさ」

二人は来たとき同様、猛スピードで戻った。ときどきロウリーは不安そうに空を見上げていた。まだ夜だったが、もう出発したときの真暗闇ではなかった。まだ夜は明けていなかったものの、朝が間近という気配だった。イタリアの農夫は朝が早い。ロウリーは誰も起きだしてこないうちにメアリーを山荘へ帰したかった。やっと山荘の建つ丘のふもとに着いて、ロウリーは車を停めた。

「ここからは君が自分で運転したほうがいい。僕はここにバイクを置いてるから」

ロウリーには、メアリーの血の気の失せた笑みだけが見えた。なにか言おうとしているのが分かった。肩を叩いてやった。

「大丈夫だ。気にしないで。ほら見てごらん。睡眠薬を二錠ほど、お飲み。眠れずにぶつくさ言ってるのはよくない。ぐっすり寝たら、すっきりするから」

「もう二度と眠れないいんじゃないかって気がする」

「分かる。だからちゃんと眠れるように、薬を飲みなさいと言ってるんだ。明日、一度様子を見に来るから」

「一日中、家にいるわ」

「明日はアトキンソンさんとこでランチだと思ってたけど。僕に迎えに行くようにって言われたよ」

「私、電話して、調子がよくありませんのでと言っておくわ」

「いや、それはよくない。行かなければ。行って心配事なんか何一つございませんというところを見せてくるんだ。それが当たり前の用心というもの。そんなことはありそうにないけど、もし君に疑いがかかりでもしたら、良心の咎めを感じさせるようなことは何一つあってはならないんだよ、分かるね？」

「はい」

メアリーは、運転席に乗り、ロウリーが隠しておいたバイクを出してきて、去っていくのを見送った。それから坂道を上り、門を入ったところにあるガレージに車を入れてから、そっと音を立てないように家に入った。部屋に上っていき、ドアのところで立ち止まった。一瞬、それは迷信でしかないのだが、妄想にとらわれた。ドアを開けたら目の前にぼろぼろの黒いコートを着たカールが立っている。メアリーは悲しみに心が乱れかけたが、くじけてはいられなかった。気を取り直し、震える手で取っ手を回した。すぐにスイッチを入れて明かりをつけ、部屋が空っぽなのを確かめて安堵の溜息をついた。部屋はまったくいつものままだった。ベッドサイドの時計を見ると、まだ五時になっていない。たったこれだけの短い時間になんと恐ろしいことが起こったことか！　時間を元に戻し、数時間前の屈託のない女に戻れるのなら、持っているものすべてと引き換えでもよかった。涙が頬を伝いはじめた。ひどく疲れていて、頭はずきずきし、混乱したまま、メアリーは思い返していた。いわば一瞬の記憶の中に、すべてが同時に起こったのだ。不幸な夜の出来事のすべても。

メアリーはゆっくり着替えた。あのベッドにもう一度入りたくはなかったが、どうにもならなかった。少なくとももう二、三日はこの山荘にいなければならない。いつになれば出ていっても大丈夫か、ロウリーなら教えてくれるだろう。エドガーとの婚約を発表すれば、最初考えていたより、二、三週早くフィレンツェを出ても、ちゃんと筋が通っている。いつインドに向けて船で出なければならないか、彼が言ったかどうか、忘れていた。きっとすぐのことだろう。インドに行けば、もう安全なはずだ。インドへ行けば忘れることもできる。

しかし、ベッドに入ろうとして、メアリーはロウリーが台所に運んだ夕食のあれこれのことを思い出した。彼の大丈夫という言葉にもかかわらず、メアリーは不安になり、自分ですべてを確かめなければと思った。ガウンを羽織って食堂へ、そして台所へ降りていった。もし召使の誰かが、その物音を聞きつけたら、お腹が空いて目が覚めたので、なにか口に入れられるものはないか見に、降りてきたと言えばいい。家の中は恐ろしく空虚だし、台所は大きくて陰気な洞窟だった。テーブルの上にベーコンを見つけて、貯蔵庫に戻した。割った卵の殻は流しの下の桶に入れ、カールと使った二個のグラス、お皿は洗って、元の場所に戻した。フライパンを鉤にかけ、疑われるものはなにもなくなった。

そっと寝室に戻って、睡眠薬を飲み、灯りを消した。薬がすぐに効いてくることを願ったが、まったく疲れ切っていたので、すぐ眠れなかったら狂ってしまう、などと独り言を言っているうちに眠りに落ちた。

第六章

メアリーが目を覚ますと、そばにニーナが立っていた。

「どうしたの？」メアリーは眠たそうに尋ねた。

「とても遅いです、シニョーラ。一時にヴィラ・ボロネーゼのお約束ですが、もう十二時です」

メアリーは突然思い出した。同時に胸に鋭い痛みが走った。すっかり目が覚めて彼女は召使を見た。ニーナはいつものように親しげに微笑んでいた。メアリーは気を取り直した。

「あなたに起こされてから、眠れなくて。ずっと目を覚ましていたくなかったから、ちょっとお薬を飲んだのよ」

「申し訳ありません、シニョーラ。音が聞こえて、何かあったのでは、と思ったものですから」

「どんな音？」

「そうですね、銃の音のようでした。シニョーレが、道で銃をお渡しになったのを思い出しまして、怖くなりました」

「きっと道路を走っていた車の音でしょう。夜中には遠くまで響くのよ。コーヒーを持ってきてちょうだい。そのあとお風呂に入るわ。急がなくちゃ」

ニーナが出ていくと、メアリーは飛び起きて拳銃を隠した箪笥に飛んで行った。一瞬、メアリーは、深く眠り込んでいる間にニーナが見つけて持ち出したのではと、震えあがったのだ。ニーナの夫チーロは、すぐに弾倉が空になっているとニーナに言ったかもしれない。しかし拳銃はちゃんとそこにあった。コーヒーを待つ間、メアリーはじっくり振り返ってみた。どうしてロウリーがあんなに強く昼食会に行けと言ったのかも今はよく分かる。彼女の行動には、何ひとつ不自然なところがあってはならないのだ。メアリーのためだけでなく、ロウリーのためにも、気をつけなければ。

メアリーはロウリー自身にも深く感謝した。彼は終始冷静だったし、すべてに気を配った。あの怠け者の浪費家が、あれほどの勇気を持っているなんて、誰が考えただろう？

酔っぱらったイタリア人が束になって迫ってきて一番危険だった瞬間、ロウリーが落ち着いていなかったら、一体彼女はどうなっていただろうか？　メアリーはため息をついた。彼は社会の有益なメンバーではないかもしれない。しかし良き友だ。それは誰にも否定できないことだった。

コーヒーを飲み、入浴して、化粧を終えると、メアリーは随分気持ちが落ち着いてきているのを感じた。彼女の経験の深刻さにもかかわらず、何一つ変化が見られないというのは驚くべきことで、あの恐怖、あの涙も、すべてがなんの痕跡も残していなかったのだ。きりっとして元気そうだった。蜂蜜色の肌にも、疲れは見られず、髪の毛は輝き、瞳は明るかった。メアリー自身、なにかしら昂ぶる思いが忍び寄ってくるのを感じ、昼食会が待ち遠しくなった。そこでは精一杯活気に満ちた演技を見せて、退場したあと、今日のメアリーは素晴らしい、と参加者たちに言わせなければならなかった。

ロウリーが届いたと言っていたランチへの招待を、受けたのかどうか、尋ねるのを忘れていたが、メアリーは彼が出席していることを期待していた。いてくれれば安心できる。

やっと出かける支度ができた。鏡でもう一度、最後のチェック。ニーナが優しく微笑んだ。

「シニョーラは、今まで見たことがないほど、お美しいです」

「そんなにお世辞は言わないの」

「でも、本当のことですから。ぐっすりお休みになったのがよかったのでしょう。まるで娘さんみたい」

アトキンソン夫妻は、中年のアメリカ人だが、メディチ家のものだったこともあるという広大で豪華な山荘を持っていた。二十年がかりで家具や絵画、彫刻などの蒐集につとめ、今では彼らの山荘がフィレンツェ有数の展示場に数えられている。人づきあいが好きで、大がかりなパーティを開いた。

メアリーが入っていくと、客間に案内されたが、そこにはルネッサンス期の飾り棚が据えられていて、セッティニャーノ（伊彫刻家。一四二八～六四）やサンソヴィーノ（伊彫刻家。一四八六～一五七〇）の「聖母像」、ピエトロ・ペルジーノ（伊画家。一四四五?—一五二三）、フィリッピーノ・リッピー（伊画家。一四五七?—一五〇四）の作品などが並んでいた。客はほとんど揃い、制服姿の門衛が二人、一人はカクテル、もう一人がオードブルをトレーに載せて、客の間を回っていた。

女性客は、パリに出かけて求めてきた美しい夏のドレス、男性は軽く涼しげなスーツ姿だった。大きな窓が本格造りの庭園に向かって開け放たれ、そこにはきちんと刈り揃えられた長い植木の桶、花が盛られた石鉢、バロック調の石像が左右均等に並べられていた。六月初旬の暖かい日で、そよぐ風が、心を浮き立たせるような生気を運んでいた。集う人たちの誰一人、不安に苦しんでなどいそうに思えなかった。みんなたっぷり金を持っていて、さあ、楽しもうと構えているように見える。世の中に、食べるものがない人間もいるなど考えられなかった。こんな日には、生きていることが実に素晴らしかった。

メアリーは部屋に入って、彼女を迎える陽気で善意に満ちた雰囲気を鋭く感じ取った。しかし、そのこと、まさしく何を警戒する必要もないその幸せが、彼女にショックを与えた。それは、ちょうど狭いフィレンツェの道から、照りつける太陽で鉱炉さながらの広場に投げ出されたような衝撃で、メアリーは鋭く強い痛みと不安を感じた。あの可哀そうな少年は、今の今アルノ河を望む山腹の崖で、胸に銃弾を撃ち込んだまま、陽光にさらされているのだ。

だが、部屋の反対側に、こちらを見ているロウリーの姿を見つけ、メアリーは彼の言ったことを思い出した。ロウリーがメアリーのほうへやってきた。ホストであるハロルド・アトキンソンは、灰色の髪の美男子、やや肥満気味で美人に目がない。メアリーに対しては、父親気取りでちょっかいを出したがった。今も必要以上に彼女の腕を摑んでいる。ロウリーがそばにきた。

「ちょうど今、この人に、あなたは絵のようにきれいだ、と言っていたところだったよ」アトキンソンはロウリーに向かって言った。

「あんた、時間の無駄だよ、おじちゃん」

人を惹きつける笑みを浮かべながら、ロウリーはゆっくりと言った。「自由の女神を口説くようなもんじゃないかな」

「ほう、君もこの人にふられたのか？」

「きっぱりと」

「当然だね」

「実はね、アトキンソンさん、私、坊やは好きじゃありませんの」

瞳を躍らせながら、メアリーが言った。「経験からいって、五十歳以下の殿方とはお話ししてもつまらないんです」

「一度会って、そのあたりのこと、ゆっくり話し合わなければ」アトキンソンが答えた。

「どうやら、いろいろと話が通じそうだ」そう言って彼は、新しくやってきた客と握手をしに離れていった。

「君はすごい」ロウリーは小声で言った。彼の眼から、自分の態度を認めてくれたことが分かったが、それでも彼には怯え、悩んでいるような目を向けた。

「それでいこう。自分は役を演じている女優と考えるんだね」

「いつも言ってるでしょ、私には役者の才能はないって」そうは言ったが、顔は笑っていた。

「君が女なら、出来るさ、演じられるよ」ロウリーがやり返した。

それこそ、みんなが席に着いてから、メアリーがやってのけたことだった。彼女の右にはホストが座り、メアリーは笑いのうちに彼を喜ばせ、持ち上げた。反対側の隣席にはイタリア美術の専門家が座っていて、彼女はシエナ派の画家たちの話に花を咲かせた。

フィレンツェの上流社会は、それほど大きなものではなく、その席にも昨夜の晩さん会に出ていた人たちが数人、顔を見せていた。そのときのホステス、サン・フェルディナンド公爵夫人は、アトキンソンの右に座っていて、それがメアリーの落ち着きを奪いかねない話題を持ちだしたのだ。夫人はテーブル越しに身を乗り出してメアリーに話しかけてきた。

「昨夜のこと、子爵にお話ししていたの」夫人はアトキンソンのほうを向いて言った。「素晴らしい声を聴きたいから、ペピーノの店で夕食をと誘ったのに、なんと、彼、来なかったんです！」

「聴きました、あの人」アトキンソンが言った。「家内は彼にレッスンを受けさせたいから、授業料を払ってやってくれと言ってますよ。オペラに出るべきだってね」

「代わりに、とんでもない下手なヴァイオリン弾きをよこしましてね。ペピーノに文句言ってやったの。彼が言うには、あれはドイツからの避難民だって。可哀そうだから小銭をやったんだって。二度と呼ばないって言ってたわ。あなた、覚えてるでしょ、メアリー？　ほんとにどうしようもなかったんだから」

「あまり、上手じゃありませんでしたね」メアリーは自分の声が不自然に聞こえたのではないかと思った。自分自身そう感じたのだ。

「穏やかに言えば、ね」夫人が言った。「私、自分があんなふうに弾いたのなら、自分を撃って死んでしまうわ」

メアリーは、何か言わなければと思った。ちょっと肩をすくめた。

「あんな人たち、仕事を見つけるのはとても難しいのでしょう」

「うま味のある仕事じゃない」アトキンソンが言った。

「若いんだろう？　そいつ」

「そう、まだ子供よ」公爵夫人が答えた。

「でも実に面白い格好の頭だったわね、メアリー？」

「あんまりよく見てなかったわ」メアリーは答えた。

「きっとあんなおかしな衣装を着せるしかなかったんでしょうね」

「避難民だとは知らなかった。それなら悪いことしたわ。私があんなに騒いだもんだから、ペピーノは、クビにしますって言ったのよ。もう一度会えるかしら。会ったら次の仕事が見つかるまでのつなぎに、二、三百リラ上げてもいいんだけど」

彼らは少年のことを延々と話しつづけた。メアリーはロウリーに、困ったという目を向けたのだが、彼はテーブルの端にいて、それが目に入らなかった。メアリーは一人でその場を切り抜けなければならなかった。ありがたいことに、やっと話題が変わった。メアリーはどっと疲れていた。それでもあれこれと話をし、周りの連中のジョークに笑い、興味を持ち、楽しんでいるふりをしていたが、その間もずっと心の中では、前夜の出来事がまるで舞台の上の芝居を見ているように、はじめから終わりまで、活き活きと展開し、記憶を傷めつけていた。やっと店を出られたときには、どんなにありがたいと思ったことか。

「ありがとうございました。とっても素晴らしいパーティでしたわ。こんなに楽しかったことがあったかしら」

白髪で親切、よく気がついてユーモアたっぷりなアトキンソン夫人が手を差し出した。

「ありがとう。あなた、とっても美しいから、どんなパーティでも盛り上げてしまうわね。それにハロルドときたら、いい思いをしちゃって。あの人ったら、ほんとにべたべたしたがるのよね」

「とっても私に優しくしてくださったわ」

「それはそうでしょうとも。もうすぐあなたとお別れっていうのは本当なの？」

メアリーには、アトキンソン夫人の口ぶりから、エドガーのことを言っているのが分かった。きっと公爵夫人がなにか言ったにちがいない。

「どうでしょうね」メアリーは笑った。

「本当だといいわね。私ね、人の性格がよく分かるの。あなたはね、美人なだけじゃない。善良で優しくて、自然だわ。ぜひぜひお幸せになってくださいね」

メアリーは涙を抑えきれなくなりそうだった。親切な夫人にかすかな微笑みをおくってから、急いでその場を離れた。

第七章

やっと帰宅してみると、届いたばかりの電報がメアリーを待っていた。

「アスクウロカエル　エドガー」

庭にテラスが造られていて、そこには特にメアリーお気に入りの場所があった。ボウリング・ゲームのための細長い芝生で、刈りこんだイトスギに囲まれていた。その一方の端には、見晴らしのためのアーケードが開けられていた。フィレンツェ側の景色ではなく、オリーヴ畑におおわれた丘で、頂上に村落があり、古い赤屋根の家並みと、教会の鐘楼が見えていた。そこはひんやりしていて、周りからも切り離されており、メアリーはここで長椅子に寝そべり、平和な時を求めていた。独りでいることで救われるし、偽りの姿を装うこともなかった。やっとメアリーは心配事に集中することができる。しばらくしてニーナが紅茶を運んできてくれた。彼女にはロウリーが来ると伝えてある。

「お見えになったら、ウイスキーとサイフォン、それに氷をお願いね」

「かしこまりました、シニョーラ」

ニーナは若い娘で、ゴシップ好き、そこへ今は誰かに話したくてたまらないニュースが入ってきたのだ。料理人のアガタは、近くの村に自分の小屋を持っているのだが、その村に住む親類の一人がイタリアに押し寄せた避難民のうちの若者を一人置いてやった。ところがその男、食費も部屋代も払わないまま姿を消してしまった。もともとアガタにしたところで貧しいんだから、まあいいやというわけにはいかない。それとその男が部屋に残していったのは着ていた古着そのほか、全部合わせても五リラになるかならないというもの。でもこれがとても可愛げのある子だったので、可哀そうに思い、三週分支払いを延ばしてやっていた。さあ、これがとんだ芝居で、そのまま、逃げてしまった。人に親切にしても、それが返ってくることはないという教訓だった。

「その子、いついなくなったの?」メアリーが尋ねた。

「一昨日の夕方、ペピーノの店でヴァイオリンを弾くと言って出かけました――あら、シニョーラも夕べ、あそこでご夕食でしたね。出るときに、帰ったら未払いの分、払

う と言ってたのに帰りませんでした。アガタはペピーノの店に行ったんですけど、納得のいく説明は聞けないまま。もうあの子は二度と来なくていいと言われたそうです。でもお金は持ってたんですよ、ほら、お皿に入れてくださる分の分け前が。あるご婦人は百リラもくださったとか……」

メアリーはさえぎった。それ以上聞きたくなかったのだ。

「アガタに聞いてちょうだい、未払い分はいくらなのか。私は嫌なのよ、人に親切にしたんでしょ、彼女は。それがつらい思いをしているというのが。私が払います」

「まあ、シニョーラ、そうしていただいたら、あの人たち、どんなに助かるでしょう。息子二人いるけど、二人とも陸軍、収入ありません。だからあの仕事も続けるしかなかったんです。あの子にも食べさせてました。貧乏な私たちなんです、イタリアを偉大な国にするために苦しんでいるのは」

「分かったわ。だからもう行って」

カールのことを人から聞かされるというのは、この日二度目だった。メアリーは恐怖に襲われた。生きている間、見向きもされなかった不幸せな男が、死んだとなると異様な関心を集めている。公爵夫人の言葉も浮かんできた。あの子が仕事を失ったのは自分のせいなんだから、なんとかしてやりたい。夫人はそう言った。言ったことは守る人、それに頑固だ。きっと探し出すだろう。もし見つからなかったら、それこそ天と地を分けても、どうなったのか突き止めるはずだ。

「私、ここを出なければ。怖いわ」

ロウリーさえいてくれたら！　この瞬間、メアリーが頼れるのはロウリーだけだった。エドガーからの電報はバッグに入っている。彼女はもう一度取り出して読んだ。これは逃げ道だった。メアリーはじっくり考えはじめた。

やっと名前を呼ぶ声が聞こえた。

「メアリー」

ロウリーだった。芝地の端に現れた。両手をポケットに突っ込み、足取りにはおよそ優雅さなど見られないし、人によっては場所にふさわしくないと思ったかもしれない。だがこのときばかりはメアリーには、なぜかほっとするものがあった。ロウリーはまったくくつろいでいた。

「ここだろうとニーナが言ったので。なにか飲み物を持ってきてくれるよ。とにかく喉が渇いてね。やれやれ、上りの暑かったこと、君んとこの坂」ロウリーは探るような目を向けた。「どうした？　調子がよくなさそうだけど」

「待って、ニーナが飲み物を持ってくるまで」

彼は座ってタバコに火をつけた。ニーナが来ると、明るく声をかけた。

「やあ、ニーナ、君なんかどう思う？　首相のダンナ、イタリア中の女性たるもの、すべて子供を産んでお国に捧げなければならない、なんて言ってるけど。どうも、君はその義務を果たしているようには見えないがね」

「マンマ・ミア！　今どき、自分ひとり食べていくのだって大変なんですよ。どうやって五人も六人も養うんですか？」

彼女が去るとロウリーはメアリーに向きなおった。

「どうしたの？」

メアリーは、昼食会で夫人がカールのことを持ち出した一件、それにたった今ニーナから聞いたことを話した。ロウリーはじっと聞いていた。

「でも、君、別にびっくりするようなことは何もないじゃないか。ビクビクしてる、それが君にとっては問題なんだ。奴はずっと続けられる仕事にありついた。ところがクビになった。家主には借金してて、払うと約束していたのに、足りない。死体が見つかったら？　自分で撃ったんだよ、動機はいくらでもあるさ」

ロウリーの説明はなるほど筋が通っていた。メアリーは笑顔を見せて、ため息をついた。

「あなたの言うとおりだわ。ビクビクしてた。あなたがいなかったら、私、どうしよう？」

「分からないね」ロウリーはクスっと笑った。

「昨日捕まってたら、私たち、どうなってたかしら？」

「そりゃ、ひどいことになってただろうな」メアリーは息をのんだ。

「まさか――刑務所に入れられていたかもってことじゃないでしょ？」

ロウリーは皮肉交じりの笑いを浮かべながら、じっと彼女を見つめた。

「まあ、その件では、いやっというほど絞られただろうね。イギリス人が二人、田舎道を猛スピードで突っ走ってたんだよ、それも死体を積んで。あいつは自殺したんだって、どう証明できたかなあ、君か僕、どっちかが撃ったのかもしれない」

「あなたがどうして？」

「サツの豊かな想像力なら、いくらでも生み出してくれるよ、動機ぐらい。僕らは昨夜一緒にペピーノを出た。こと女性に関するかぎり、まともな評判を聞いたことがないって、みんな言う。君はまた、とびっきりの美人ときている。二人の間にはなんにもありませんって、どう証明できた？　あいつが君の部屋にいるのを僕が見つけて、やきもちから殺してしまったのかもしれない。僕らがただならぬ状況にあるところを奴に見られてしまい、君の名誉を守るために僕が奴を片づけたとも考えられる。人間ってそういう馬鹿なことをするものなんだから」

「あなた、大変なリスクを冒してくださったのね」

「どういたしまして」

「昨夜は、気が動転していて、ちゃんと、お礼も言ってなかったんだわ。私ってひどい女。でも、本当に感謝してるわ、ロウリー、何もかもあなたのおかげよ。あなたがいなかったら、きっと私、自殺してたんじゃないかと思う。あれだけのことをしてくださるほどの値打ちが、私にあるんだろうかって」

ロウリーは彼女をじっと見つめた。善意に満ち、くつろいだ笑みを浮かべながら言った。

「いいかい、友だちのためなら、あのくらいのこと、誰にでもするよ。まるきり知らない相手だったらどうか、それは分からないけど。ほら、僕は危険を冒すというのが好きなんだ。まったく法を重んじて生きるというのでもないし、そこにはやたらスリルがあってね。一度モンテ・カルロで、カード一枚に千ポンド賭けたことがあったな。あれもスリルがあった。でも今度のことに比べたら、なんということはない。ところで、銃はどこ？」

「私が持ってるわ、バッグの中に。昼食会のときも、家において出る気にならなかった。ニーナが見つけはしないかと思って」

ロウリーが手を差し出した。「バッグは僕が預かろう」メアリーはロウリーがなぜそんなことを言うのか分からないまま、バッグを渡した。彼はそれを開けて、銃を取りだし、ポケットに入れた。

「どうするの」

ロウリーは物憂げに椅子に身をおいた。

「遅かれ早かれ、死体は見つかるはずだからね。考えたら、銃は死体と一緒に見つからなければおかしいと思ってさ」

メアリーは恐怖のあまり悲鳴をあげそうになり、やっと抑え込んだ。

「もう一度、あそこに戻るつもりじゃないでしょうね？」

「当然だろ？　今日は上天気だし、運動不足だからね。バイクを借りてきた。上の道を走っていて、丘の上の絵のような村を見たくなって脇道に入ったというわけだ」

「林の中に入っていくところを、誰かに見られるかもしれない」

「あたりを見回して、誰もいないかどうか、たしかめるというのは、用心のイロハだからね」ロウリーは立ち上がった。

「今行くんじゃないでしょう？」

「いや、そうだよ。実際、大した林じゃない。昨夜は言わなかったけど、言ったら、また、君はもっと怖がって、先のほうまで見ることなんてできなかったんじゃないか。すぐに発見されることはないだろうなんて、そんな甘いことは考えられないからね」

「あなたが無事帰ってくるまで、生きた心地がしないわ」

「それはありがたいな？」ロウリーは笑った。「帰りに君んとこ、寄るよ。もう一杯欲しくなってるだろうからね」

「まあ、ロウリーったら」

「心配しないで。悪いやつは悪魔が面倒見てくれるって、言うだろ」

ロウリーは行った。彼の帰りを待つ苦しみは耐え難く、それまでの苦しみがなんでもないものに思えるほどだった。昨夜冒したリスクに比べれば、これは大したことではないと自分に言い聞かせてみても、なんの意味もなかった。あれはとにかく、そのときにはどうしても避けようのないことだったが、これは違う、必要ではなかった。彼はわざと危険に身をさらすのが楽しくて、首をライオンの口の中に突っ込んだのだ。メアリーは突然彼に腹が立ってきた。あんな馬鹿な真似をする必要がどこにある? 止めるべきだった。しかし実際にはロウリーが、万事そよ風のように軽々と、例の調子で面白おかしく受け入れているものを、まともな目で見るというのが無理な話だったのだ。その上彼が、いったんこうと決めたら、それを止めるのは至難の業なのだと感じていた。おかしな男だ。この軽薄な男にそれほどの強固な意志が隠されているなど、誰が気づいていただろうか。

「もちろん、どうしようもなく甘やかされて育ったんだわ」メアリーはイライラしながら、そう口に出していた。

やっと帰ってきた・メアリーは大きな安堵のため息をついた。口元におかしな笑みを浮かべ、陽気な足取りでぶらぶらと近づいてくる彼の様子を見れば、すべてうまくいったことが一目で分かった。どっかと椅子に座ると、勝手にウイスキー・ソーダを飲んだ。

「うまくいったよ。誰も人はいなかった。どうやら、運命の神様はときどきよそ見をして、悪いやつに手を貸してしまうらしい。ちょうどあのあたりに湧水があり、水が滴っていて、そのおかげであれほどの下草が生い茂っていたんだね。銃はそこに投げておいた。二、三日もすればいい姿になると思うよ」

メアリーは死体のことを聞きたかったのだが、口に出せなかった。二人はしばらく黙ったまま、座っていたが、ロウリーのほうはだらしなくタバコをふかし、冷たい飲み物を美味しそうに啜っていた。

「昨夜起こったことをありのまま、お話ししておきたいの」とうとうメアリーが口を開いた。

「その必要ないよ。大事なところは大体分かるし、それ以外はどうでもいいだろう?」

「でも私は話したいの。あなたに私の最低の部分を知ってほしい。私には本当に分からない、どうしてあの可哀そうな子が自殺したのか。悪いことをしたと思って、とっても苦しいの」

ロウリーはただ黙って聞いていた。メアリーが話している間、彼は冷静で鋭い眼をメアリーにまっすぐ向けていた。彼女はカールを初めて見たとき、つまりイトスギの陰から彼が飛び出してきてから、彼女をベッドから叩き起こしたあの恐ろしい銃声を聞くまでの一部始終を語ったのだ。ある部分はとても話しにくかったが、ロウリーのしっかり彼女に向けられた灰色の瞳が、真実の何を隠したかはすぐに見抜くだろうという気がした。そしてまた、恥も何も、すべてを語ることで随分救われたのもたしかだった。メアリーが話し終わるとロウリーは、椅子でぐっと背を伸ばし、タバコの煙で輪を作ることに集中しているように思えた。

「やつがどうして自殺したのか、分かったように思うね」

やっと彼は口を開いた。

「あいつは家なし、文無し、飢え死に寸前、世間のはみ出し者、これといって生きる目標もなかった、そうだろ？　そこへ君が現れた。生まれてこの方、こんな美人を見たことはなかっただろうよ。君は彼に、どんな激しい夢の中でも見られないようなことを経験させてやった。君の愛でいきなり世界が変わってしまったんだ。君が身体を与えたのは愛したからではなかったなんて、どうしてあいつに分かる？　ただの憐みだったと言ったんだよね。いいかい、メアリー、男って自惚れ屋なんだ、なかでも若い男はそうだ。そんなこと、知らなかった？　耐えようもない屈辱だったんだよ。君を殺しかけたのも無理はない。君はあいつを星の高みに引き上げておいて、元の溝に突き落とした。言ってみれば、あいつは囚人で、刑吏はドアのところまで連れていき、自由に向かって彼が一歩踏み出そうとした途端、ぴしゃりとドアを閉める。人生なんて生きるに値しないと彼が思い詰めるのに十分だったんじゃないか？」

「その通りだとしたら、到底私は自分を許せないわ」

「そうだったと思うけど、それがすべてだったのではないだろう。きっとこれまでのさまざまな経験で、精神のバランスがくずれていたんじゃないか、正気を失っていたと思うよ。まだ他に何かあったかもしれない。君がとんでもない快感を味わわせてやったために、今後の人生で、これ以上のものがあるはずもない、ここでおしまいにしようということになったのかも。ほら、誰だってあんまり幸せなものだから、つい、ああ、もう、今の今死にたい、なんて言ってしまった瞬間があるだろう。あの子にもそんな瞬間と感情が襲ってきて、死んだんだよ」

メアリーはただ驚いて、ロウリーを見つめた。こんなことを言ったのが本当にロウリー？　軽薄で、のんき、大胆、向こう見ず、タフな男、メアリーにしたら、存在するなど夢にも思わなかったロウリーだった。

「どうしてそれを私に言うの？」

「一つには、あまり思いつめないでほしいからだ。今となっては君にできることなど何もない。あるのはただ忘れること。僕の言ったことで君は気持ちが軽くなって忘れられるかもしれないし」

ロウリーは、メアリーがすっかり見慣れた、人を馬鹿にしたような笑みを見せた。

「それにもう一つ、僕は何杯か飲んで、いささか酔いがまわってるかもしれないね」

メアリーは答えなかった。黙ってエドガーからの電報を渡した。ロウリーが言った。

「彼と結婚するのか？」

「ここを離れたいのよ。今となっては、この家はいや。自分の部屋に入ると、怖くて、悲鳴を上げずにいるのが精一杯」

「でもインドは遠いよ」

「あの人は力があるし、上品だわ。私を愛してくれている。ほら、ロウリー、私も少

し は謙虚になったわ。面倒を見てくれて、尊敬できる人が欲しいの」

「だったら、問題ないじゃないか、そうだろ？」

メアリーには、彼の言ってることがピンとこなかった。ちらと見返したが、相変わらず笑いながら彼女を見つめていて、なにも伝わってこなかった。メアリーはかすかにため息をついた。

「でも、もちろん、彼のほうが結婚したくないかもしれない」

「今度は一体、何を言い出すんだ？　あの人は君に首ったけだよ」

「でも、ロウリー、私、話さなくちゃ」

「どうして？」ロウリーはあっけにとられ、大きな声を出した。

「このことをそのままにして、あの人と結婚はできません。良心が咎めるわ、いっときも心が休まらない」

「君の心？　あの人の心はどうなる？　よくぞ言ってくれたって、君に感謝するというのか？　何もかも、もう大丈夫だって言ってるだろ？　あの惨めな子の死と、君を結びつけるものは何にもないんだから」

「私、正直でないと」

ロウリーは顔をしかめた。

「君は恐ろしい間違いをしようとしてる。この手の帝国創設者を知ってるけど、高潔さそのほか諸々のお手本といった連中だ。あいつらに寛容ってなにか分かるか？　自分自身は、そんなもの一度も御用のなかったものばかりじゃないか。彼の君への信頼をぶち壊すなんて、狂ってる。君にメロメロなんだぞ。君は完璧だと思ってるよ」

「そうじゃなかったら、なんの意味があるの？」

「みんなが君のことをいい人だと思えば思うほど、君はいい人になれると思わないのか？　たくさん素晴らしいものを持ってるよね、君のエドガーさんは。だから今の地位にある。でも言わせてもらえば、彼には頑固な愚かさが染みついてる。それもまたプラスになっているんだけどね。それなしでは、あれほどの大物にもなれなかっただろう。君が女の感性の迷宮を理解してくれと言ってるのは、まったく彼の領域にないものをねだっていることなんだ」

「本当に私を愛していれば、応えてくれるはずよ」

「ああ、よく分かった、君の好きにしろ。あんなやつ、僕が女だったら結婚したい相手じゃない。でも君がそうと決めているのなら、結婚すべきなんだろう。でも結婚をうまくやり通したければ、だんまりを決め込むこと」

ロウリーは、にやっと笑って、軽くメアリーの手に触れ、粋な足取りで離れていった。二度と会うことがないかもしれないという思いが浮かび、それにはかすかな痛みを覚えた。それにしても私に結婚を申し込むなんて、おかしなやつ。もし私が本気で受け止め、イエスといったら、どんな顔をしただろうと思い、メアリーには笑いがこみあげた。

第八章

翌日、午後四時ごろ、メアリーが庭でタペストリーの制作で気持ちを紛らせているところへニーナがやってきた。エドガー・スウィフトから電話がかかっているという。ホテルに着いたばかりだが、メアリーに会えるだろうかとのこと。

メアリーは、彼の乗った飛行機の到着時間を知らなかったので、ランチを取ってからずっと連絡を待っていた。いつでもご都合のいい時間に、喜んでお目にかかりたいと伝えた。少し動悸が早くなったようだ。鏡をバッグから出して顔を見たが、顔色が青ざめていても、ほお紅はつけなかった。エドガーがあまり好きではないと分かっていたからだ。顔に軽くパウダーをたたいて口紅を塗った。黄色いリネンの薄い夏服を着ていたが、壁紙のデザインで、あまりにもシンプルだったから、メイドのものと思われかねないほどだった。しかしその実、パリの一流デザイナーによるものだったのだ。

　やがて、車の上がってくる音が聞こえ、一、二分後にはエドガーが姿を現した。メアリーは椅子から立ち上がり、進んでいって迎えた。いつものように彼は、年齢と立場にふさわしい服装を完ぺきに着こなしていた。芝生の敷きつめられた小径を彼が大股で歩いてくる姿は、見るからに楽しいものだった。背は高く細身で、背筋をピンと伸ばしている。帽子は脱いでいて、ふさふさとした黒髪が、ウエーブを保つためのオイルで光っている。濃い眉の下のきれいな瞳はブルーで、優しい輝きを見せていた。彼の無駄のない顔立ちからは、かつて染みついていた厳しさが消えて、幸せな微笑で柔らかくなっていた。彼は温かくメアリーの手を握った。

「君はなんてクールで、活き活きとしているんだろう。そして絵のように美しい」

　アトキンソン氏は、こんなカビの生えたような表現を、会うたびに口にしたものだ。メアリーは、そんな言葉をエドガーから聞いて、何となく嬉しかったが、それはある世代の紳士たちが、はるか年下の女性にいつも使った決まり文句なのだろうと思った。

「どうぞ、お座りになって。ニーナがお茶をお持ちしますわ。ご旅行はいかがでした？」

「また会えて、とても嬉しい」エドガーが言った。「出かけたのは一世紀も前のことのようだ」

「そんなに長くはありませんでしたよ」

「幸いなことに、あなたがどうしているか、いつも正確に知っていたよ。何時いつ、どこにいるか、それを頭の中でたどっていた」

メアリーはかすかに笑った。

「お忙しくて、それどころじゃないと思ってましたけど」

「忙しかったよ、もちろん。二回ほど、大臣とは長時間話し合って、全部決着がついたんじゃないかな。九月初めに船で出発する。僕にはとても丁重だった。困難な仕事だということを隠さなかった。もちろん、引き受けたとき、僕には分かっていたことだけどね。難しいから僕に頼んだというんだ。彼が並べた褒め言葉で、君をうんざりさせたくはないけど……」

「聞かせてほしいですわ。うんざりなんかしません」

「いやね、大臣が言うには、特別な状況だから、あそこには友好的で、しかもしっかりした人物を配置する必要がある。僕ほど、その両方を高いレベルで持ちあわせているものは知らない、なんて嬉しいことを言ってくれたんだ」

「大臣の仰る通りですわ」

「とにかく、これにはすっかり乗せられたよ。ほら、僕は長い間戦ってきたけど、気がついたら、頂上に手の届くところにいるというんだから結構なことじゃないか。大きな、重要な仕事だ。自分に何ができるか見せてやるチャンスも与えられた。これは全くここだけの話、僕は大いに腕を振るえると思っているんだ」一瞬ためらってから、エドガーは言った。

「もし僕に望む通りの成果が出せて、それが向こうの望むものでもあったら、さらに高いところにつながるかもしれない」

「あなたって、随分野心家なんですね」

「そう思うよ。僕は権力が好きだし、責任を負うのを尻込みしないしね。ある種の才能もあって、それを活かす機会が与えられると嬉しい」

「いつだったか、ディナーパーティにトレイル大佐という方が見えていて、もしベンガルでうまくいけば、次はインド副王ということになってもおかしくないと言ってらしたわ」

エドガーの大胆な瞳がきらりと光った。

「今では〈総督〉って呼んでるよ。可能性の範囲内にあると思うね。ウイリングドン（一八六六—一九四一。インド副王一九三一—三六）だって総督になったし、あいつ、なかなかのものだったからな」

二人はお茶を飲み終えて、エドガーはカップをおいた。

「ねえ、メアリー、今の活動を通じて僕が期待しているもの、それに伴う名誉なんてものは、君が一緒に分けあってくれるのでなかったら、値打ちは半減する」

メアリーは心臓が止まりそうだった。その時が来たのだ。気持ちを落ち着かせるために、メアリーは煙草に火をつけた。彼の顔を見てはいなかった。彼のほうは、優しく微笑みながら、じっとメアリーを見つめていた。

「帰ったら返事をと君は約束したね」エドガーはフフと笑った。

「今朝、こっちに帰る飛行機をチャーターしたのは、どんなに僕が返事を待ちきれなかったかという証拠だ」

メアリーは、火をつけたばかりの煙草を投げ捨て、小さくため息をついた。

「先にいく前に、お話ししておきたいことがあります。ひどくあなたを苦しめることになるかもしれませんが、どうか何も言わずに聞いてください。あなたが仰りたいこと、お聞きになりたいことは何でも、あとで伺いますから」

エドガーの表情が突然硬くなり、鋭い目でメアリーを見つめた。

「何も言わない」

「言うまでもありませんが、黙っていられるのなら、何でも差し出します。でもそれでは正直じゃない。事実を知ったうえで、こうと思ったようになさってください」

「聞いているよ」

メアリーは昨日、ロウリーに伝えた長く辛い話を、もう一度繰りかえした。何一つ削らなかった。誇張もなく、切って縮めることもしないよう努めた。しかしエドガーに話すほうがはるかに難しかった。彼は身じろぎもせずに聞いていた、厳しい表情のまま。彼が何を考えているのか、瞬きの一つからも、うかがうことはできなかった。

話しながらメアリーは、自分の態度が、ロウリーに語ったときより、思いやりに欠け、投げやりなのを感じていた。話しているうちにメアリーには、起こったことの動機に、もっともらしい感じを与えることすら、不可能だと分かってきた。事件のある部分は、事実とも思えないもので、話しながら、エドガーは信じていないだろうと思うと、メアリーは気が滅入った。

そして、ロウリーと二人、死体を車で運び、人目につかない場所においてきたというところが、中でも特にショッキングなのだということが分かってきた。それでもなお、メアリーにはほかにどうすればよかったか、どうしたら恐ろしいスキャンダルの嵐を避けることができたか、分からなかった。ああ、何といっても警察との対応の難しさ。夢物語にすら思えたのは、これがメアリーのように、現実の社会に生きているとは言えないようなものの身に起こったということだったし、だれしも悪い夢の中でしか見ないようなものだったということ。

エドガーは、しばらくの間、何も言わずにじっと座っていたが、やがて立ち上がり、芝生の上を行き来しはじめた。首を垂れ、背中に回した両手を強く握りしめて、顔にはメアリーがこれまで見たこともないような暗い、むっつりとした表情が浮かんでいた。彼がこんなに老けて見えたのもはじめてだった。

やっと、メアリーの前で立ち止まった。彼女を見下ろしたが、唇には苦悩を湛える微笑みが浮かんでいた。しかし声はあくまでも優しく、そのことが彼女の胸を打った。

「僕が不意打ちを食って、動揺したのは申し訳なかった。許してほしい。いいかい、君は最もこんなことをしそうにない女性だと、僕は思っていた。まったく無邪気で、とっても可愛い子供のころの君を知っている。こともあろうに、その君が……」

エドガーは口をつぐんだ。しかし、メアリーには、エドガーが心中どんなことを考えたか、分かっていた。選りに選って、彼女が行きずりの浮浪者に身体を許すなんて。

「私には何も言い訳できません」

「どうやら、君はどうしようもなく愚かだったようだね」

「それ以下です」

「そのことは、もういい。君を愛しているから、理解し、許すこともできる」この強い男の声に乱れが感じられたが、笑顔は寛大で、優しかった。

「君は夢見る、可愛い子ちゃんだ。男が自殺してから君の取った行動は、その状況では、ほかになかったと思う。大変なリスクを冒したけど、どうやらうまくいったようだ。問題は、君には面倒を見る男がなんとしても必要だということ」

メアリーは訝しげにエドガーを見た。

「あなた、全部知ったうえで、まだ私と結婚したいと仰るの？」

エドガーは、一瞬ためらったのだが、それはメアリーでなければ、気づくことはなかっただろう。

「まさか、君をそんな窮地においたまま、僕がさよならするなんて思ってはいなかっただろうね？　そんなこと、できるわけないよ、メアリー」

「とっても恥ずかしいの、自分が」

「僕と結婚してほしい。君を幸せにするためなら、何でもする。経歴がすべてじゃない。とにかく、僕も昔みたいに若くはない。国のためには結構働いたからね。そろそろ落ち着いて、若いものにチャンスを与えてはいかんという理由もないだろう」

メアリーは突然のことに驚いて、エドガーの顔を見つめた。

「それ、どういう意味です？」

エドガーは、もう一度腰を下ろして、メアリーの手を取った。

「いいかい、メアリー。このことで、少し事情が変わるんだよ。この任務を引き受けることはできない。フェアーじゃない。もしこのことが漏れたら、その影響は惨憺たるものになるだろう」

メアリーは仰天した。

「分からないわ」

「そのことは、もう、いいんだ、メアリー。僕が大臣に電報を打って、結婚することになりました、インドへは行けません、そう伝える。君の健康はとてもいい口実になる。望んでいたのと同じ地位は上げられないけど、大いに楽しめばいいじゃないか。リヴィエラに家を買うのもいい。昔から自分のボートを持ちたかったんだよ。船を走らせる、釣りを楽しむ、いろいろあるよ」

「でも、大樹の頂上に、今手が届くというときに、何もかも捨ててしまうなんて、できっこないわ。どうしてそんなことが？」

「よくお聞き、ねえ。今僕がオファーを受けているのは、とても難しい仕事でね。持てる限りの知能と、静かで穏やかな生活が必要なんだ。このままだと、いつ何かばれやしないかと始終びくびくしていなければならない。噴火口に立っていたのでは、落ち着いて配慮の行き届いた判断は下せない」

「何がばれるっていうの？」

「ほら、拳銃があるだろう。警察が調べれば、すぐ僕のものだと分かる」

「分かるかもしれません。それは考えたわ。でも彼がレストランで私のバッグから盗んでいたとも考えられる」

「そう、彼がどうやってあの銃を手に入れたかは、さまざまなもっともらしいことを、みんな考えるだろう。でも説明が必要だし、僕にはそんなものを必要とされること自体、対応できないんだ。きれいごとを言うつもりはないけど、僕は嘘八百並べ立てるタイプじゃない。それに君一人だけの秘密じゃない、ロウリー・フリントのものでもある」

「彼が私を裏切るかもしれないなんて、絶対考えないで」

「それはただ、僕には想像できるというだけのこと。あいつは恥知らずな腕白坊主だ。遊び人。浪費家。僕に言わせれば何の役にも立たない男だよ。彼があるカップルのことを耳にはさんだら、どうすると思う？　聞き流すには惜しい話だ。どこかの女に、そっと教える。次また誰か、また次。気がついたら、ロンドン中に知れ渡っているよ。ほんとに、インドまで伝わるのは時間の問題だ」

「そんなことないわ、エドガー。彼のこと、あなた勘違いしてる。行儀知らずで大胆だけど、でもそうでなかったら、あんなリスクを冒してまで救ってはくれなかったでしょう。私は信頼できると思ってる。絶対裏切ったりしないわ。そんなことするくらいなら、自分が先に死んでしまうでしょう」

「君は、僕ほどには人間の本質を知らない。言っとくけど、彼にはしゃべりたいという気持ちを抑える力なんかない」

「でも、そんなお考えなら、あなたがリタイアされてもされなくても同じじゃありませんか」

「さぞかし、いろんなゴシップが飛び交うだろう。でも僕が公職を離れていたら、もうどうってことはない。僕らは指を鳴らして、笑い飛ばせばいい。しかし僕がベンガル知事だとなると話は大いにちがってくる。何はともあれ、君のやったことは犯罪なんだからね、僕の知るかぎり、犯人引渡しということになる。そうなれば友好国とは言えないイタリアのことだ、この時とばかり泥を塗りにかかるだろうね。君が殺したと決めつけられるのではないかとは思わなかった？」

　エドガーがあまりに厳しい目で見据えるので、メアリーは震えあがった。

「フェアーにいかなければ」エドガーは続けた。

「政府としてはずっと僕を信頼してくれたし、僕も一度だって裏切ったことはない。彼らが僕をつけようとしているポストは、僕や妻の性格に関して、まったくやましいところがないということが大事なんだ。インドで我が国がおかれている状況は、大きく行政官の腕にかかっていてね。僕が恥にまみれて辞任ということにでもなったらたいへん深刻な問題になる。これは議論しても意味がないんだよ、メアリー。僕は自分が正しいと思ったことをやるしかない」

エドガーの口調は変わっていき、表現が厳しくなったように声も荒々しくなった。メアリーは今にして、行政能力だけでなく、情け容赦ない決断を通じてもインド中にその名を知られている男を見る思いだった。

メアリーは、険しい表情の一つ一つを注意深く見守り、彼の本当の気持ちを表しているのではと、ちらつく瞳の動きにも目を凝らした。エドガーが彼女の告白にひどく打ちのめされていることはよく分かっていた。そんな途方もない、ショッキングな行動に共感するなど、彼にできることではなかった。メアリーは、彼女に対するエドガーの信頼を自分の手でぶちこわしてしまったのだ。彼がもう二度と同じ気持ちに戻ることはありえないだろう。しかし彼は、自分がいったん口にした申し出を取り消すような男でもない。そのつもりならいくらでも黙っていられたのに、メアリーは自分の自由な意思で話した。エドガーはそんな彼女の率直さに、ただ寛大さで応えるしかなかった。自分の経歴を犠牲にする用意もできていたし、彼女との結婚によって大いに名を上げることもありえた。メアリーはまた、エドガーがそんな犠牲を払うことに、苦い喜びを覚えているらしいと、うすうす感じていた。彼女を愛しているからその価値はある、というよりも、大きな犠牲を払うことになるという予想によって高められるプライドのためではないかと。

エドガーが、彼女のせいでそんなに大きな犠牲を払ったと責めるなど、決してないくらいのことは、メアリーもよく知っていた。しかしまた、彼のエネルギー、仕事に対する情熱や野心などから、二度とない機会を失ったことを悔やみつづけるのも間違いない。彼はメアリーを愛しているし、結婚できなければ酷いほどの失望が待っているだろう。しかし、メアリーは、エドガーが、そのためにどんなに不幸になっても、人間としての自尊心さえ損なうのでなければ、彼女のほうを諦めるのではないかという、疑い以上のものを感じていた。エドガーは、自分自身頑固に守り続けてきた誠実さの奴隷だった。

メアリーは、かすかに楽しんでいることを悟られないように、視線を下げた。不思議なことに、この成り行きがどこか気晴らしになっていると感じたのだ。

というのも、今やメアリーにははっきりと分かったのだ。状況がどうであれ、彼が恐れているようなことが起こらなかったとしても、また明日にもエドガーがインド総督になったとしても、彼女は彼とは結婚したくないということだった。エドガーに愛着はある。彼には伝えなければと思った不幸なできごとのすべてを、優しく聞いてくれたことに、メアリーは感謝している。

それにできることなら、彼の感情を傷つけたくはなかった。用心しなければ。下手なことを言えば、彼は頑固になり、全力を尽くして結婚するだろう。彼女の反対を押し切るぐらい、彼にすれば簡単なことだった。いよいよ最悪の場合には、彼がメアリーに対して持っている好意を全部犠牲にすることになるかもしれなかった。あまり楽しいことではないが、そうなれば、エドガーは徹底的にメアリーを見限り、それなりに彼は気が楽になる。

メアリーはため息をつき、ロウリーのことを思った。あの「恥知らずな腕白坊主」相手だったら、どれほど気が楽だっただろう！　どんな欠点があるにせよ、彼なら真実を恐れなかった。メアリーは気持ちを引き締めた。

「ねえ、エドガー、あなたの素晴らしい経歴を台無しにするのかと思うと、私、とってもやりきれないわ」

「そんなことは一切考えないでほしいな。約束するよ、引退して私的な生活に入ったら、僕は決して」

「でも、私たちのことだけ、考えているわけにはいかないわ。あなたは、まさにこの特別な任務にぴったりの人なんだから。求められているのよ。個人的な感情は抜きにして、その要請に応える義務があるわ」

「自分以外に人がいないと考えるほど、自惚れてはいないよ」

「私は、あなたをそんな風に、とっても尊敬してるのよ、エドガー。これほどあなたが必要とされているときに、その任務にあなたが背を向けて、逃げ出すなんて、考えるだけでも耐えられないわ。随分弱気なのね」

エドガーは、ちょっと落ち着かない動きを見せ、それを見たメアリーは、エドガーの急所を摑んだと思った。

「ほかに方法がないんだよ。こんな状況でこのポスト就任を承諾するのは、もっと恥ずかしいことだ」

「でもほかに道があるでしょう。要するに、あなたは私と結婚しなければならないわけじゃないのよ」

それを聞いたエドガーの眼の動きが何を表していたのか、メアリーには分からなかった。彼にはもちろん分っていた。ああ、ここから逃げ出せたら、どんなにそうしたいと思っているか分からないのか？　そんな思いが表情に出るのを、大変な力で封じ込め、実際に答えるときには、唇に笑みが浮かび、目は優しかった。

「でも、僕は君と結婚したい。それ以上の望みなんかないんだ」

おやおや、そうこられたら、メアリーのほうが苦い薬を飲むしかない。

「ねえ、エドガー、私あなたがとっても好き。あなたにはどんなにお世話になっていることか。私の、一番のお友だち。どんなに素晴らしい方かもよく知っている。どんなに真実で、親切で、誠実かも。でも愛してはいないの」

「もちろん僕には分かっているよ、どれほど大きく歳が離れているか。君が同世代の男性と同じように僕を愛せないことも分かる。そうだね、僕は君にしてあげられることで、ある程度、補えるのでは、と思ったんだ。とっても申し訳ない、今君にさし上げられるものが、君には受け取る価値のないものだったんだね」

ああ、どうしてこの人はこんなに問題を難しくするんだろう！　どうして即座に、「この売女」と怒鳴ったり、「結婚どころか、お前なんか地獄に落ちろ」と喚いてくれないのか？　さあ、大釜で油が煮えたぎっている。眼をつぶって、飛び込むまでだ。

「はっきり言わせていただくわね、エドガー。あなたはベンガル知事になられるのなら、いろいろ準備が必要だったでしょう。私だって同じだったと思うわ。私も所詮は人間なんだから、そんな地位には目が眩みそう。私があなたを好きだったら、それで言うことなし。いろいろ、お互いに面白いと思っていることが共通していれば、別に恋していなくても問題じゃないわね」

さあさ、ここが勝負どころだ。

「でも、リヴィエラで、ただ静かに、これといってすることもなく朝から晩まで過ごすということになると。唯一考えられるのは、あなたが私を愛してくださるのと同じくらい、私もあなたを愛していることじゃないかしら」

「別にリヴィエラと決めたわけじゃない。君の好きなところに住めばいいんだ」

「それがどう違うの？」

エドガーは長い間黙っていた。もう一度メアリーを見たときの彼の眼は冷たかった。

「君はベンガル知事とは結婚しても、退職して年金暮らしのインド行政官とはごめんというわけか」

「つまりは、そういうことでしょうね」

「それなら、これ以上話し合うこともないな」

「そのようですね」

また、エドガーが黙った。重々しく見えた。可哀そうに、恥をかかされ、ひどく彼女に失望している。しかし、メアリーは、同時に彼は大いにほっとしているに違いないと思った。でもエドガーにすれば、それだけは決してメアリーに見せないつもりだった。

やっと彼は椅子から立ち上がった。

「これ以上、僕にはフィレンツェに長居する意味がないようだ。もちろん君が例の自殺した男の件で、僕にいてほしければ別だが」

「いいえ、いいえ、それはまったく必要ないと思うわ」

「だったら、僕は明日、ロンドンに帰ることにしよう。ここで、さよならを言っておいたほうがよさそうだね」

「さようなら、エドガー。許してくださいね」

「許すことなんか、何もないよ」

彼はメアリーの手を取ってキスし、ばかげた感じなどまったくない威厳を見せて、芝生の上をゆっくり歩いていった。すぐにその姿は、刈りこんだ植木の桶の陰に隠れ、車が車道を去っていく音が聞こえた。

第九章

エドガーとの話し合いでメアリーは、ぐったり疲れた。自然な眠りは二晩つづけて得られず、今日は穏やかな夏の空気と、静けさを破る唯一の、単調だが楽しげな蟬の鳴き声とに誘われて、眠りに落ちていた。一時間たってメアリーは目を覚ましたが、気分は爽やかだった。

古い庭の芝地をぶらりと歩いてから、メアリーは、テラスに座り、暮れていく美しい光に包まれる街の情景を楽しむことにした。だが、家を通り抜けたところで、召使のチーロが中から出てきた。

「シニョール・ロウランドからお電話ですが、シニョーラ?」

「用件をうかがっておいて」

「でも話したいと仰っておられます、シニョーラ」

メアリーは、ちょっと肩をすくめた。今の今、ロウリーとはあまり話したくなかったのだ。でも、もしかしたら、彼のほうで何か話したいことがあるのかもしれないと思い返した。あの哀れな子の死体が、崖の途中に横たわっているということが、いつも彼女の頭の中にあった。電話に出た。

「家に、氷ある？」ロウリーが尋ねた。

「私を電話口に呼んだのは、それを聞くためだったの？」

「まったくそうだとも言えない。ジンとベルモット、置いてるかどうかも聞きたかった」

「他には？」

「そうだね、今からタクシーを拾ってお宅に伺ったら、カクテルを飲ませてくれるかということも、聞きたかったな」

「私には、しなければならないことが沢山」

「それは結構だね。これから行って、手伝うよ」

ちょっとイライラする感じで肩をすくめ、チーロにカクテルに必要なものを用意するよう伝えて、テラスに出た。メアリーは、一刻も早くフィレンツェを離れたかった。

今ではこの街を嫌いになっていたのだが、出かけることで、あれこれ噂されたくはなかった。ロウリーが来るというのなら、それもいい。だが、それだって考えてみればバカなこと、あれほど信頼できない男を、すっかり頼りにしているのだから。

十五分後、ロウリーはやってきた。テラスを歩いてくる彼の姿は、エドガーとおかしなコントラストをなしている。エドガーの、長身で無駄のない身体つきは、際立って素晴らしく見えた。彼には自然な威厳が備わっているが、それは長年、みんなが彼には従うという習慣を通して身についたものだった。群衆の中で見ると、一体何者だろうと思うほど、彼は目立っていて、顔にも多くの特徴が表れていた。

そこへ行くと、ロウリーはかなりのチビ、ずんぐり、服の着こなしも、まるでつなぎの作業着だし、怠けものの横着さで、手をポケットに入れ、前かがみに歩いた。だが、陽気で気さくに見えた。そこに、ある種の魅力もあることは、メアリーも認めざるを得なかった。笑うときの口許、人のよさそうなからかい方を見せる灰色の瞳など、とても真面目に受け入れるわけにはいかなかったものの、気を許して付きあえる相手ではあった。あるがままの自分でありえたのだ。彼の前なら、別人を装う必要もなかった。まず彼は、鋭い目を持っていて、どんないかさまも見逃さず、ただ黙って見ているだけ。それに、彼自身、いい子ぶって見せることなど、決してなかったからだ。

ロウリーは自分で酒を混ぜ、カクテルをつくり、それを一気に飲んでから、気持ちよさそうに、肘掛椅子に身を沈めた。メアリーにいたずらっぽい目を向けた。

「さて、メアリー、帝国創設者は、君を袖にしたのか？」

「どうして知ってるの？」メアリーはすぐに尋ねた。

「二に二を足したのさ。彼はホテルに帰るなり、列車の時間を聞き、今夜のローマ－パリ急行に間に合うと分かると、ピサまで車を頼んだ。決裂したのでなければ、あんなに大急ぎで出発することもないだろうと思ったわけ。言っただろう、秘密をぶちまけるなんてバカだって。あんな男が君の話を飲みこんでくれるはずがない」

ロウリーがこれほど軽く捉えているのに、その男を前に、悲劇仕立ての話をしようというのが、そもそも無理だった。メアリーは微笑んだ。

「あの人、とってもお行儀よかったわよ」

「そりゃ、そうだろう。さぞかし完璧な紳士らしく振る舞っただろうね」

「完璧な紳士ですもの」

「その点、僕にはまるで勝ち目ないね。僕の場合、生まれは紳士だが、性格はそうじゃない」

「それは言わなくても分かってるわ、ロウリー」

「怒ってないだろうね？」

「私？　いいえ。信じてほしいわけじゃないけど、本当のところ、すっかり話し合った結果、私は、この人とはいくら積まれても結婚したくないという結論に達したの」

「きれいさっぱり、足を洗えてよかったな。君があれほどはっきり、結婚する気になってたから、僕は何も言いたくなかった。だけど、結婚してたら、死ぬほど退屈したと思うよ。僕は女を知ってる。君は帝国創設者と結婚するタイプじゃない」

「彼は立派な人よ、ロウリー」

「知ってるよ。立派な男の振りをしている立派な男さ。そこが彼の素晴らしいところだ。言ってみれば、チャップリンがチャップリンを演じているようなもんだね」

「私はね、ロウリー、ここから出ていきたいの」

「そうするといいね。気分が変わっていいよ」

「あなた、とっても親切にしてくれたわ、会えなくなると淋しい」

「ああ、でもいずれ、しょっちゅう会うことになると思うよ」

「どうしてそう思うの」

「そうだな、僕の見るところ、君には僕と結婚する以外、これといってほかにすることがなさそうだから」

メアリーは座りなおして、ロウリーを見つめた。

「一体、どういう意味？」

「いや、あれからいろんなことが起こったから忘れたかもしれないけど、いつかの夜、君にプロポーズしたんだよ。そのときの返事を、僕が最終的なものと受け取ったとは思ってないだろう。これまで僕が結婚しようと言った女性たちは、みんなそうだったけどね」

「私は、冗談だと思ったわ。今私と結婚したいと思うはずがないもの」

ロウリーは椅子に深く座り、タバコを喫っていた。唇に笑いが浮かび、人の好さを見せる瞳が輝いた。あまりにも普通の調子だったので、からかっているだけではないかと思うほどだった。

「僕にとって都合がいいのは、僕が悪いやくざだということ。みんな僕のやったことを責め立てた。連中は正しいと思うがね、誰にも大してひどいことはしていない。女性たちは僕のことが好きで、僕がまた生まれつき、愛情深い性格だから、結果はもう自動的についてきた。しかし、とにかく僕には人のやったことを咎める権利も、そんな気もない。「生きろ、そして生かせ」というのが、僕のモットーでね。いいかい、僕は帝国創設者じゃない。非の打ちどころもない優れた特徴を持ちあわせているわけでもない。いい思いをしたい、いささか金を持っているだけの、気楽な男だ。君は僕のことをろくでなし、ぐうたらという。じゃあ、僕を改良してみたら？ ケニヤに土地を持ってるけど、管理人がひどいので、クビにするつもりだ。そこに行って、自分で管理するのも悪くないと思ってる。そろそろ僕も落ち着いていいころだからね。あそこの生活、気に入るかもしれないよ」

ロウリーは、しばらくメアリーが口を開くのを待ったが、何も言わない。彼の言うことが、あまりにも突然で、驚いてしまい、まるで理解できないかのように、じっと彼を見つめるしかなかった。ロウリーは、ゆっくりした調子でしゃべり続けたが、自分の話を彼女が面白がってくれるものと思っているようだった。

「ほら、君は最初、僕が、ただ君をモノにしたいだけだろうと言ったけど、その通りだった。いいじゃないか、それも？ 君はとっても美しい。そんな君のために何かしてやりたいと思わなかったら、おかしいよ。でも、あの晩、車で走っているときに一つか二つ、君の言ったことが僕にはこたえたね。可愛いなあと思わずにはいられなかったよ」

「あれから、いろんなことが起こったわ」

「その通り、もう言ってしまうけど、一瞬僕は君にとっても腹を立てた」

メアリーはまつ毛の下から、ちらとロウリーを見上げた。

「それで、私をぶったの？」

「君が車を降りたときのこと？　あれは君に泣き止んでほしかったからさ」

「痛かったわ」

「そのためだったんだもの」

メアリーは目を伏せた。彼女と不幸な少年との間に起こったことを話したとき、エドガーの顔は苦しみから青ざめた。深くショックを受けたのだ。しかし、エドガーを苦しめたのは、彼があれほど大切に思っていた純潔を、メアリーが汚してしまったことだったのだ。彼が愛したのは成熟した今のメアリーではなく、可愛い少女、チョコレートを渡したり、子供らしい、天真爛漫な無邪気さで彼を魅了していたメアリーだったのだ。ロウリーが彼女をあれほどひどく殴ったのも、男の性的な嫉妬であり、その欲望が挫かれたためだった。そのことに気がついてメアリーは、何とも不思議な、誇らしい気分に見舞われた。彼女は、笑っているのかと怪しまれても仕方のないような眼差しをロウリーに向けずにはいられなかった。

「でももう、何も怒ってはいないよ。とんでもない騒ぎに巻き込まれたときに僕を呼んでくれた、あれが気に入ったね。それから、君が冷静だったこと。一時はかなり頑固だったけどね。結構肝っ玉も据わっているし、これも僕好み。もちろん君は本物の阿呆かというようなこともやってくれたけど、あれで君が心の寛い女だということが分かった。実を言うと、僕がかかわった女で、そんなのはあまりいなかった。メアリー、僕は君がとっても好きだよ」

「男の人って、変なの！」メアリーはため息をついた。「あなたたち、二人とも、エドガーもあなたも、大したこともない、どうでもいいことにやたら力を入れるのね。本当に大事なこと、胸をかきむしられる思いなのは、可哀そうな、友だちもいない男の子が、私の過ちから命を失い、野ざらしになっていることなのに」

「あそこでも墓の中でも、一緒。いくら泣き悲しんでみても、あいつにとって意味のない命を取り戻すことはできないんだから。実際、あいつは君にどんな意味がある の？　明日街ですれ違っても、君には見分けがつかないよ、きっと。決まり文句は忘れることだね、ジョンソン博士さん（サミュエル・ジョンソン、通称ドクター・ジョンソン）がそう言ってる。あの野郎、いいこと言うよ」

メアリーは大きく目を開いた。

「ジョンソン博士のことなど、まあ、どうして知ってるの？」

「おかしな生き方をしてきたけど、暇があれば、結構本を読んだよ、サム・ジョンソンじいさんは、お気に入りでね。なかなか常識もあり、人間性について、いいことを書き残している」

「あなたって、いろいろ驚かせてくれるわね、何が出てくるか、分からない。まさかあなたが、スポーツ・ニュース以外のものを読むとは思わなかった」

「手の内を全部さらけ出して、ショウウィンドウに並べたりはしないさ」

ロウリーはにやりと笑った。「僕と結婚しても、君が考えてるほど、退屈しないと思うね」

これはちょっとからかえると思って、メアリーは嬉しくなった。

「そもそも、どうすれば、このくらいなら、という程度にまででも、あなたの浮気心を封じ込められるかしらね？」

「まあ、それは君次第だろう。女も仕事を持つべきだというけど、ケニヤに行ったら、それこそ、君にはぴったりの仕事になるだろうよ」

メアリーは一瞬、考えた。

「ねえ、ロウリー、どうしてあなたはわざわざ、結婚なんかしたいの？　あなたが、ほんとに、言葉通り、私を愛してるというのなら、一緒に旅行にでも行きますよ。車でプロヴァンスなんて、いいじゃないの」

「それも一案だけど、そんなものくだらん」

「せっかくのいいお友だちを、冷たい亭主と取り換えるなんて、およそ割の合わない話だわ」

「これはまた、お上品なご婦人にしては、立派なお言葉ですな」

「お上品だなんて、そんなことありません。お行儀がいい振りをするには、ちょっと手遅れだと思わない？」

「思わない、思わない。また、劣等感など持ちはじめるというのなら、ひと月は痛みを忘れられないような鞭を当てるかな。僕にとっては結婚許可証か、何もなし、どちらかだ、ずっと離したくないんだから」

「でも、私、あなたを愛していないのよ、ロウリー」

「だから、この間の晩にも言っただろう、とにかくやってみれば、そうなるって」

メアリーは、しばらくロウリーに疑わしげな目を向けていたが、突然、恥ずかしそうな、それでいてじらすような笑みを美しい瞳にちらっと浮かべた。

「そうかなあ」彼女は口ごもった。「あの夜、車の中で、酔っぱらった連中が横を通ったとき、あなたは私を抱いてくれたでしょう。死ぬほど怖かったけど、本当のことを言うと、あなたが唇を私の唇に押しつけている間――そんなに悪い感じじゃなかったわ」ロウリーは、喉の奥底から、大きな声を上げて笑った。ぱっと立ち上がると、メアリーの手を引いて立たせ、腕を回して抱きしめ、キスした。

「ほら、どう？」

「そうね、あなたがどうしても結婚するというのなら、……でも私たち、大変なリスクを冒そうというわけね」

「それなしで、何が人生、ということさ、メアリー」

あとがき

サマセット・モームの中編小説 *Up at the Villa* が書かれたのは一九四一年、日米開戦の年である。龍口直太郎による邦訳『女ごころ』は一九五一年、三笠書房から出ている。一九六〇年に新潮社が文庫化したが、いずれもすでに絶版になっていて、私が入手したのは新潮文庫一九七三年版十八刷とある。合計何部出たのかは不明だが、日本でもかなり読まれた作品であることは間違いない。

「例外なく面白いモームの小説中にあっても、これはまた格別に面白い――途方もなく面白い――小説である」

これは南雲堂が一九五三年に出した英和対訳本の注釈者林原耕三がそのはしがきに書いている言葉である。私の手元にあるのは一昨年の版で六十三刷、つまり六十年にわたって版を重ねてきた教科書のロングセラーである。

たしかに面白い。二章ほど読んだところで止められなくなった。私にすれば、このところ恩師でアメリカ生まれの天才詩人L・W・ハブル（日本名：林秋石）元同志社大学教授の詩や演劇、評論など、貴重な遺作相手にもがき続けてきたので、突然モームとは何事と、首を傾げる友人も多かった。理由は単純で、親しい友人たちと十数年来続けている読書会の材料として選んだものだ。面白いかどうかも大きな問題ではなかった。それが、あっという間に読み終えたばかりか、ひと月ほどで、進行役の私が全部訳してしまった。もっともそのとき図に乗って読み飛ばしたツケは今になってしっかり払わされている。

登場人物の数が少ないのもいい。しかも一人ひとりの個性がはっきりしているから、イタリアの古都フィレンツェという格好の背景と重なって、一つ一つの場面がくっきりと目に浮かんでくるようだ。

簡単に紹介しておこう。まず、夫を事故で亡くしたばかりの非の打ちようもない美人メアリー三十歳。若死にした彼女の父親の友人で、彼女を子供のころから見守り、愛し続けてきたエドガー五十四歳。長身で細身、独身のまま行政官として頂上を極めようとしている、これまた文句なしのハンサム。そこに絡んでくるのが、酒好き、女好き、ばくち打ち、見たところはまったく冴えないが、女心をつかむことにかけては誰も及ばない若者ロウリー三十歳。第二次大戦直前とは思えない裕福な階層が群れている社会に、暴れはじめたヒトラーのナチス・ドイツの魔手を逃れてやってきた若い難民カール二十三歳。その上舞台は歴史と美術の街フィレンツェを見下ろす丘の上の豪壮な山荘ときては、いささか気恥ずかしくなるほどのお膳立てである。

ドライブ好きのヒロインが、六月という、この地方で最高の季節、トスカーナの田園地帯を一人走らせる車はイタリアの名車フィアットのクーペ・コンバーティブル。そこまで贅を尽くした舞台で交わされる男と女の粋な会話。実はこの小説の一番の魅力はここにある。英国での出版に先立ち、パリのフェニックス社から出たのは一九三九年とあり、ヒトラー率いるドイツ陸・空軍がポーランドに侵攻した年ではないか。七十五年前のことだ。それが古いどころか、今の今、若い作家によって書かれたといってもおかしくない活きのよさだから驚く。描かれる人間模様は、二十一世紀の今、なお十分通用するだけの新鮮さを感じさせる。この部分の男と女の、命がけといってもいいやり取りには、何度読みかえしても圧倒された。その鋭さ、新しさを損なわない日本語訳を、と心がけたつもりだが、うまくいっているかどうかは、読者の判断を待つしかない。

ところで読者の中には、一読して「なんという言葉遣い」と、違和感を覚える方があるかもしれない。そんな方たちに是非とも理解してほしいのは「冒瀆誓言」と呼ばれる言語習慣のことである。もとはと言えば旧約聖書「出エジプト記」の戒めに発するユダヤ教、キリスト教社会に引き継がれたタブーで、日本語にはこれに対応する語彙が存在しないため、学校教育の場で説明されることは、まずない。かつてロンドンで知り合ったイギリス人女性に「日本語にはありません」と言ったら、「まあ、なんてお上品なお国なの」と感心されたことがある。強いて言うなら、「フーテンの寅さん」が得意とする「啖呵売《たんかばい》」の口上のあれこれが、かなり近いところにあるといえるかもしれない。だが、強烈な信仰を背景にした想像力の産物と、単なる悪口雑言とは天と地ほどの違いがある。「汚いだけの罵りことば」なら、日本も決してひけをとりはしない（川崎洋著『かがやく日本語の悪態』草思社）。

もちろんシェイクスピアも、取り締まりの網をかいくぐって、使い続けたし、王政復古期の芝居など、誓言を取ってしまったら、作品が半分になってしまうのではと思うほど多用している。二十世紀も後半に入ると、冒瀆誓言が持っていたかつての活力は急激に失われていくが、それ以前の作品に限ってもいい、言葉が本来伝えようとしている意味内容を、別の言葉に置きかえるのが翻訳者の役割とするなら、Oh, my God! という誓言を「おお、神様！」と機械的に置きかえて済ますわけにはいかない。最近日本でも、若者がただの口まねでしかない「おお、マイ・ガーッ！」などという誓言もどきを使うが、これには、耳をふさぎたくなる。

この作品で酒、女、ばくちに明け暮れるロウリーが、誓言を乱発するのは当然としても、非の打ちどころもない美貌の未亡人メアリーまでが、上品な人たちなら眉をひそめるような誓言を口にするのは、何なのだという戸惑いを感じられたら、そこに日本の翻訳者泣かせの深い溝があると思ってほしい。いうまでもなく、二十世紀半ばに書かれたこの小説に登場する誓言には、もうそんなエネルギーは残されていない。むしろそんな流れの中で、めったに誓言を口にしない男のほうが注目に値する。

なお、この作品は二〇〇〇年、シドニー・ポラック製作、フィリップ・ハース監督のもと映画化された。遊蕩児ロウリーをショーン・ペン、典型的な英国紳士エドガーを『日の名残り』で注目されたジェームズ・フォックス、老いてなお魅力あふれる公爵夫人を名優アン・バンクロフトが演じている。日本でもDVD版が発売されているが、邦題は『真夜中の銃声』。

このささやかな訳書が陽の目をみることができたのは、いつもながら筑摩書房編集部の強いお力添えと、英語に限らず人生の達人がそろったわが読書会の結束あってのこと、加えて福岡と神奈川の地にありながら、終始スカイプを通じ厳しく温かい目で読んでくれた高校以来の親友二人、どのお一人が欠けても生まれなかった書である。それぞれのお名前をあげて心からの謝意を表したい。最後になったが、どうしてもお名前をあげておきたいのは、長年の畏友行方昭夫氏である。今回〈モーム初心者〉でしかない私の向こう見ずな企てにも、快く得がたい示唆を与えてくださった。いうまでもなく行方氏は、日本におけるモーム研究、翻訳の第一人者であり、近作の集大成『モーム語録』『サマセット・モームを読む』(いずれも岩波書店)には特に助けられ、教えられた。ご厚意には、ふさわしい感謝の言葉が見当たらない。

なお読書会は月一回、拙宅のリビングを会場に、手軽な昼食を一緒に済ませてからお勉強、いや、そのあとの気楽なおしゃべりのほうがメインではないかという、楽しくて手軽なサロン風集まりである。裏方、進行役をつとめてくれている妻の名を加えるわがままも、笑ってお見逃しいただければ幸いである。

大橋栄　辻井智津子　三浦賢佑　足利義弘
野尻寛　松尾篤興　尾崎知子

平成二十六年八月　尾崎寔

本書はちくま文庫のために新たに訳されたものである。

昔も今も
サマセット・モーム
天野隆司訳
16世紀初頭のイタリアを背景に、「君主論」につながるチェーザレ・ボルジアとの出会いを描き、「政治人間」の生態を浮彫りにした歴史小説の傑作。

コスモポリタンズ
サマセット・モーム
龍口直太郎訳
舞台はヨーロッパ、アジア、南島から日本まで。故国を去って異郷に住む〝国際人〟の日常にひそむ事件のかずかず。珠玉の小品30篇。（小池滋）

高慢と偏見（上）
ジェイン・オースティン
中野康司訳
互いの高慢さから偏見を抱いて反発しあう知的な二人がやがて真実の愛にめざめてゆく……絶妙な展開で深い感動をよぶ英国恋愛小説の名作の新訳。

高慢と偏見（下）
ジェイン・オースティン
中野康司訳
互いの高慢からの偏見が解けはじめ、聡明な二人は急速に惹かれあってゆく……。あふれる笑いと絶妙の展開で読者を酔わせる英国恋愛小説の傑作。

分別と多感
ジェイン・オースティン
中野康司訳
冷静な姉エリナーと、情熱的な妹マリアン。好対照をなす姉妹の結婚への道を描くオースティンの永遠の傑作。読みやすくなった新訳で初の文庫化。

説得
ジェイン・オースティン
中野康司訳
まわりの反対で婚約者と別れたアン。しかし八年後思いがけない再会が。繊細な恋心をしみじみと描くオースティン最晩年の傑作。読みやすい新訳。

ノーサンガー・アビー
ジェイン・オースティン
中野康司訳
17歳の少女キャサリンは、ノーサンガー・アビーに招待されて有頂天。でも勘違いからハプニングが……。オースティンの初期作品、新訳&初の文庫化！

マンスフィールド・パーク
ジェイン・オースティン
中野康司訳
伯母にいじめられながら育った内気なファニーはいつしかいとこのエドマンドに恋心を抱くが――。恋愛小説の達人オースティンの円熟期の作品。

オーランドー
ヴァージニア・ウルフ
杉山洋子訳
エリザベス女王お気に入りの美少年オーランドー、ある日目をさますと女になっていた――4世紀を駆ける万華鏡ファンタジー。（小谷真理）

眺めのいい部屋
E・M・フォースター
西崎憲／中島朋子訳
フィレンツェを訪れたイギリスの令嬢ルーシーは、純粋な青年ジョージに心惹かれる。恋に悩み成長する若い女性の姿と真実の愛を描く名作ロマンス。

ヘミングウェイ短篇集
アーネスト・ヘミングウェイ
西崎憲 編訳
ヘミングウェイは弱く寂しい男たち、冷静で寛大な女たちを登場させ「人間であることの孤独」を描く。繊細で切れ味鋭い14の短篇を新訳で贈る。

エドガー・アラン・ポー短篇集
エドガー・アラン・ポー
西崎憲 編訳
ポーが描く恐怖と想像力の圧倒的なパワーは、時を超え深い影響を与え続ける。よりすぐりの短篇7篇を新訳で贈る。巻末に作家小伝と作品解説。

ダブリンの人びと
ジェイムズ・ジョイス
米本義孝 訳
20世紀初頭、ダブリンに住む市民の平凡な日常をリアリズムに徹した手法で描いた短篇小説集。リズミカルで斬新な新訳。各章の関連地図と詳しい解説付。

ブラウン神父の無心
G・K・チェスタトン
南條竹則／坂本あおい訳
ホームズと並び称される名探偵「ブラウン神父」シリーズを鮮烈な新訳で。「木の葉を隠すなら森のなか」などの警句と逆説に満ちた探偵譚。（高沢治）

新ナポレオン奇譚
G・K・チェスタトン
高橋康也／成田久美子訳
未来のロンドン。そこは諧謔家の国王のもと、中世の都市に逆戻りしていた……。チェスタトンのデビュー長篇小説、初の文庫化。（佐藤亜紀）

荒涼館（全4巻）
C・ディケンズ
青木雄造他訳
上流社会、政界、官界から底辺の貧民、浮浪者まで巻き込んだ因縁の訴訟事件。小説の面白さをすべて盛り込み壮大なスケールで描いた代表作。（青木雄造）

荒涼館 1
C・ディケンズ
青木雄造他訳
エスタ。この、出生の謎をもつ美少女の語りを軸として多彩な物語が始まる。背景にある「ジャーンディス対ジャーンディス事件」とは？（青木雄造）

荒涼館 2
C・ディケンズ
青木雄造他訳
愛し合うエイダとリチャード、デッドロック家の夫妻、野心的な弁護士。主人公エスタをめぐる人々が出そろい、物語の興趣が深まる。（青木雄造）

荒涼館 3
C・ディケンズ
青木雄造他訳
アヘン中毒患者の変死、奇妙な老人の死、長くつづく訴訟にかかわる思惑。人と事件がモザイクを寄せるようにその全体を見せてくる。（青木雄造）

荒涼館 4
C・ディケンズ
青木雄造他訳
すべての謎や事件の真相が明らかになり、愛する人の死、別れをのりこえて、エスタは大きな愛につつまれる。不朽の大作、完結。（青木雄造）

文読む月日（上）
トルストイ　北御門二郎訳
一日一章、一年三六六章。古今東西の聖賢の名言・箴言を日々の心の糧となるよう、晩年のトルストイが心血を注いで集めた一大アンソロジー。

文読む月日（中）
トルストイ　北御門二郎訳
キリスト・仏陀・孔子・老子・プラトン・ルソー……総勢一七〇名にものぼる聖賢の名言の数々はまさに「壮観」。中巻は6月から9月までを収録。

文読む月日（下）
トルストイ　北御門二郎訳
「自分の作品は忘れられても、この本だけは残るに違いない」（トルストイ）。訳者渾身の「心訳」による「名言の森」完結篇。略年譜、索引付。

ニーベルンゲンの歌　前編
石川栄作訳
中世ドイツが成立し、その後の西洋文化・芸術面に多大な影響を与えた英雄叙事詩の新訳。読みやすい訳文を心がけ、丁寧な小口注を付す。

ニーベルンゲンの歌　後編
石川栄作訳
ジークフリート暗殺の復讐には、いかに多くの勇者たちの犠牲が必要とされたことか。古代ゲルマンの強靭な精神を謳い上げて物語は完結する。

ノヴァーリス作品集（全3巻）
ノヴァーリス　今泉文子訳
ベンヤミンが〈ロマン派の天才〉と呼んだ夭折の詩人・哲学者ノヴァーリス。その多岐にわたる作品を新しい角度から編む文庫初のコレクション。

ノヴァーリス作品集1
サイスの弟子たち・断章
ノヴァーリス　今泉文子訳
自然研究の記念碑的小説「サイスの弟子たち」ほか、「花粉」「フライベルク自然科学研究」など、哲学・詩・科学をめぐる鋭く深い考察の数々を収録。新訳。

ノヴァーリス作品集2
青い花・略伝
ノヴァーリス　今泉文子訳
めくるめくファンタジーと絢爛たるアレゴリーが渦巻く、ロマン主義の代表作『青い花』——稀有な長篇小説の真の姿を初めて読み解く待望の新訳。

ノヴァーリス作品集3
夜の讃歌・断章・日記
ノヴァーリス　今泉文子訳
ロマン主義の絶唱「夜の讃歌」「聖歌」「キリスト教世界、またはヨーロッパ」「信仰と愛」「一般草稿」「断章と研究一七九九―一八〇〇年」「日記」を収録。

ソーの舞踏会
バルザック　柏木隆雄訳
名門貴族の美しい末娘は、ソーの舞踏会で理想の男性と出会うが身分は謎だった……驕慢な娘の悲劇を描く表題作に、『夫婦財産契約』『禁治産』を収録。

オノリーヌ
バルザック
大矢タカヤス訳
理想的な夫を突然捨てて出奔した若妻と、報われぬ愛を注ぎつづける夫の悲劇を語る名編『オノリーヌ』、『捨てられた女』『二重の家庭』を収録。

暗黒事件
バルザック
柏木隆雄訳
フランス帝政下、貴族の名家を襲う陰謀の闇―凜然と挑む美姫を軸に、獅子奮迅する従僕、冷酷無残の密偵、皇帝ナポレオンも絡む歴史小説の白眉。

ヒュペーリオン
ヘルダーリン
青木誠之訳
祖国ギリシアの解放と恋人への至高の愛の相克に苦しむ青年ヒュペーリオン。生と死を詩的・汎神論的境域へ昇華する未踏の散文を、清新な新訳で。

ボードレール全詩集Ⅰ
シャルル・ボードレール
阿部良雄訳
詩人として、批評家として、思想家として、近年重要度を増しているボードレールのテクストを世界的な学者の個人訳で集成する初の文庫版全詩集。

ボードレール全詩集Ⅱ
シャルル・ボードレール
阿部良雄訳
パリの風物や年老いた香具師、寡婦をうたった表題の小散文詩の他、ハシーシュを論じた「人工天国」、唯一の小説「ラ・ファンファルロ」を併収。

レ・ミゼラブル（全5巻） 1巻
ユゴー
西永良成訳
慈愛あふれる司教との出会いによって心に光を与えられ、ジャン・ヴァルジャンは新しい運命へと旅立つ――叙事詩的な長篇を読みやすい新訳でおくる。

レ・ミゼラブル 2巻
ユゴー
西永良成訳
死者との約束を果たすべくジャン・ヴァルジャンは脱獄、幼いコゼットを救い出す。忍び寄る警察の冷酷な眼。逃げる二人をジャヴェールが追いつめる。

レ・ミゼラブル 3巻
ユゴー
西永良成訳
純粋な青年マリユスは、公園で出会ったコゼットの可憐な姿に憧れをいだく。そのひとつの出会いが、人々の運命を大きな渦の中に巻き込んでゆく。

レ・ミゼラブル 4巻
ユゴー
西永良成訳
陰謀渦巻くパリ、マリユスは反政府秘密結社での活動を続け、コゼットへの愛を育んでゆく。一八三二年の六月暴動を背景に展開する小説の核心部。

レ・ミゼラブル 5巻
ユゴー
西永良成訳
一八三二年六月、市民たちが蜂起しバリケードを築く。戦闘で重傷を負ったマリウスを救うジャン・ヴァルジャン。苦難の人生に、最後の時が訪れる。

ちくま文庫

女《おんな》ごころ

二〇一四年八月十日　第一刷発行

著　者　W・サマセット・モーム
訳　者　尾崎寔（おざき・まこと）
発行者　熊沢敏之
発行所　株式会社　筑摩書房
東京都台東区蔵前二―五―三　〒一一一―八七五五
振替〇〇一六〇―八―四一二三
装幀者　安野光雅
印刷所　株式会社精興社
製本所　株式会社積信堂
乱丁・落丁本の場合は、左記宛にご送付下さい。
送料小社負担でお取り替えいたします。
ご注文・お問い合わせも左記へお願いします。
筑摩書房サービスセンター
埼玉県さいたま市北区櫛引町二―六〇四　〒三三一―八五〇七
電話番号　〇四八―六五一―〇〇五三

ISBN978-4-480-43199-8 C0197